经典古诗赏析 上册

本书编写组 编

苏州大学出版社

编委会

主　编：沈文虹
副主编：王黎艳　惠　兰　李　琴
编　辑：朱　鸣　顾秋红　吴　彧
　　　　　　钱　峥　周竞妍　蒋丽叶
　　　　　　张　莉　邱春丽　陈瑞娟
　　　　　　曹　瑾　徐　悦　左苏佳
　　　　　　安　静　张　蕾　陈　希
　　　　　　曹　磊　周红芬　周　颖
策　划：陈玄博

目录
mu lu

1. 江南 …………………… 汉乐府/001
2. 长歌行 ………………… 汉乐府/004
3. 敕勒歌 ………………… 北朝民歌/006
4. 咏鹅 …………………〔唐〕骆宾王/009
5. 风 ……………………〔唐〕李 峤/012
6. 咏柳 …………………〔唐〕贺知章/015
7. 回乡偶书 ……………〔唐〕贺知章/018
8. 凉州词 ………………〔唐〕王之涣/021
9. 登鹳雀楼 ……………〔唐〕王之涣/024
10. 春晓 …………………〔唐〕孟浩然/027
11. 凉州词 ………………〔唐〕王 翰/030
12. 出塞 …………………〔唐〕王昌龄/033
13. 芙蓉楼送辛渐 ………〔唐〕王昌龄/036
14. 鹿柴 …………………〔唐〕王 维/039
15. 送元二使安西 ………〔唐〕王 维/042
16. 九月九日忆山东兄弟
      …………………〔唐〕王 维/045
17. 静夜思 ………………〔唐〕李 白/047
18. 古朗月行(节选)
      …………………〔唐〕李 白/050
19. 望庐山瀑布 …………〔唐〕李 白/053
20. 赠汪伦 ………………〔唐〕李 白/056
21. 黄鹤楼送孟浩然之广陵
      …………………〔唐〕李 白/059

22. 早发白帝城 …… 〔唐〕李　白/062

23. 望天门山 ……… 〔唐〕李　白/065

24. 别董大 ………… 〔唐〕高　适/067

25. 绝句(其一) …… 〔唐〕杜　甫/070

26. 春夜喜雨 ……… 〔唐〕杜　甫/073

27. 绝句(其二) …… 〔唐〕杜　甫/076

28. 江畔独步寻花

　　　………… 〔唐〕杜　甫/078

29. 枫桥夜泊 ……… 〔唐〕张　继/080

30. 滁州西涧 ……… 〔唐〕韦应物/083

31. 游子吟 ………… 〔唐〕孟　郊/086

32. 早春呈水部张十八员外

　　　………… 〔唐〕韩　愈/089

33. 渔歌子 ………… 〔唐〕张志和/092

34. 塞下曲 ………… 〔唐〕卢　纶/095

35. 望洞庭 ………… 〔唐〕刘禹锡/098

36. 浪淘沙 ………… 〔唐〕刘禹锡/101

37. 赋得古原草送别

　　　………… 〔唐〕白居易/103

38. 池上 …………… 〔唐〕白居易/106

39. 忆江南 ………… 〔唐〕白居易/108

江南

汉乐府

江南可采莲,莲叶何田田。
鱼戏莲叶间。鱼戏莲叶东,
鱼戏莲叶西,鱼戏莲叶南,
鱼戏莲叶北。

扫一扫听赏析

《江南》赏析

乐府,最早指汉代官方的音乐机构,它担负着制谱配乐与收集民歌的工作。后人将乐府收集整理的诗歌统称为"乐府歌辞",简称"乐府"。宋人郭茂倩将乐府诗合为一册,定名为《乐府诗集》。

这是一首采莲歌,在汉代,这首诗很有可能原本流传在江南水乡,是采莲人劳动时随口所唱,后来被乐府机关采集,用笙、笛等丝竹乐器伴奏,演唱者执节而歌,反映了采莲时的光景和采莲人欢乐的心情,在汉乐府民歌中具有独特的风味。

整首民歌语言简洁,意境优美,格调清新,勾勒了一幅明丽美妙的江南图景。这里有一望无际的碧绿的荷叶,有在莲叶下自由自在、欢快戏耍的鱼儿,还有那小船上采莲的壮男俊女的欢声笑语、悦耳的歌喉,这是多么秀丽的江南风光!多么宁静而又生动的场景啊!诗中没有一字直接写人,但是田田的莲叶、嬉戏的游鱼,都是通过采莲人的眼睛看到的。我们读着诗句,仿佛身临其境,联想到采莲人在湖中泛舟往来、歌声相和的场景,感受到那清新的爽气、勃勃的生机和采莲人内心的快乐。

长歌行

汉乐府

青青园中葵,朝露待日晞。
阳春布德泽,万物生光辉。
常恐秋节至,焜黄华叶衰。
百川东到海,何时复西归?
少壮不努力,老大徒伤悲。

《长歌行》赏析

全诗以作者看到的画面起笔。青青的葵菜上布满晶亮的露珠,温暖的阳光下闪烁万物的神采。一切都是那么生机勃勃,就好像是现在的同学们,正当少年。无奈,美好的时光总是短暂的,一个"恐"字让我们知道,看了这蓬勃的景象,作者已经担心起秋日的到来,生怕见到花落叶黄的衰败景象。可是,我们又有什么办法去阻止春去秋来、花开花谢呢?好比江水总是东流入海,没有逆流的可能一样,这是自然界的一般规律,我们只能接受它,顺应它,与规律为伴。联想至此,韶华易逝之感喷涌而出,作者不禁发出了一声感叹:"少壮不努力,老大徒伤悲!"只有紧紧抓住眼前的每分每秒努力学习、工作,才不会让人生失去价值,才不会在年老时后悔不已。像这样先说其他事物以引出所要表达思想的写法叫作"兴",而将人生易逝喻为江水东流的写法叫作"比"。这都是汉乐府诗歌中常用的手段,在品读本诗时须特别注意。另外"焜黄华叶衰"一句中,有一些字的读音与含义需要同学们积累:焜黄,即枯黄的样子;华,即花。

敕勒歌

北朝民歌

敕勒川，阴山下。
天似穹庐，笼盖四野。
天苍苍，野茫茫，
风吹草低见牛羊。

扫一扫听赏析

《敕勒歌》赏析

敕勒,是我国古代北方的一个少数民族——敕勒族。《敕勒歌》就是敕勒族人唱的民歌,这是一首草原的赞歌。

这首民歌,短短 27 个字,每一言每一语都体现着对草原的热爱和赞美之情。从题目本身来看,"歌"字就意味着赞美、赞扬、夸赞。

整首诗就如同你遇到一个草原的朋友,他拉着你,和你交谈,向你介绍自己的家乡敕勒川。开头两句交代了敕勒川位于阴山脚下,如同放电影一样,先把视觉的目标落在这片广阔无垠的大草原上,让人好像看到那高耸连绵的阴山衬托着辽阔的草原,大气雄壮。第三、四句"天似穹庐,笼盖四野",意思是天空像个巨大的帐篷,笼盖着整个原野。"穹庐"的意思就是帐篷。帐篷是草原人的房子,这是草原人最熟悉、最亲近的。将天比作"穹庐",让人一下子就找到了家的感觉。这个家特别的大,"天苍苍,野茫茫,风吹草低见牛羊",意思是天空蔚蓝无边,原野广阔无垠,一阵风吹过,牧草低伏,露出一群群正在吃草的牛羊。"苍苍""茫茫"两个叠词给人的感觉是空间广大、天地高远、一望无际，一眼望去，只有满目的草和苍茫的天，没有别的东西。但是，当微风吹来，草浪波动，牛羊在其中若隐若现。这是草原人的自豪之处，为什么刚开始会看不到牛羊呢？原因正是草原上牧草肥美啊！

咏鹅

〔唐〕骆宾王

鹅,鹅,鹅,
曲项向天歌。
白毛浮绿水,
红掌拨清波。

扫一扫听赏析

《咏鹅》赏析

这首诗相传是骆宾王七岁时写的。全诗共四句,分别写了鹅昂首高歌的样子与游水轻盈美丽的姿态,表达了作者对鹅的喜爱之情。

前两句写鹅的叫声:"鹅,鹅,鹅"三个字,既像是说孩子听到鹅接连叫了三声,又像是说孩子乍见鹅时脱口而出三声天真稚嫩的呼喊。鹅鸣叫时,总是高扬长长的脖子,在孩子看来,鹅是在向着天空欢乐地歌唱。后两句写鹅游水的形象:鹅通身羽毛雪白,悠然自在地浮于绿水之上,用鲜红的脚掌拨水前行,身后荡漾着一圈一圈清澈的波纹。诗人准确地抓住了鹅在声音、形体方面的突出特征,用清新欢快的语言描绘出一个有声有色的场景。

虽然这首咏物诗并没有表达什么深刻的思想,只不过用白描的手法,简洁勾勒出鹅的形象,却因为它的语言天真纯朴,朗朗上口,成为流传千古、人尽皆知的名篇。今天,每个小朋友最先学会的唐诗里,几乎都有这首《咏鹅》。当我们用同样稚嫩的声音吟诵这首小诗时，千余年前的白鹅留给小诗人骆宾王的美好印象，就会一次次出现在我们的眼前，让我们体验到同样的审美乐趣。

风

〔唐〕李峤

解落三秋叶，
能开二月花。
过江千尺浪，
入竹万竿斜。

扫一扫听赏析

《风》赏析

《风》是唐代诗人李峤写的一首构思别致的写风诗。风虽然无形,但诗人通过风吹落晚秋的树叶、催开早春的花朵、在江河掀起大浪、在竹林使翠竹歪斜四种自然现象,表现了风的力量。

全诗一共四句,四句诗好像就是风儿的四次奇妙的旅行过程。诗歌第一句中,风儿来到了金色的树林,把晚秋的落叶从树枝上吹落下来,一片片叶子像一只只翩翩起舞的蝴蝶,这就是"解落三秋叶"。"解落"是散落的意思,"三秋"是晚秋的意思,此时风只是把树叶吹落下来了,风的力量还是很小的,树林中刮的是小风。第二句中,风儿又旅行到了春天的草地,春天温暖的风把美丽的花朵吹开了,这些漂亮的花都是在早春二月盛开的,这就是"能开二月花"。"二月"指的是农历二月。此时的风是微风,滋润着大自然的花花草草。第三句中,风儿的力气可真大!当狂风呼啸着来到大江,水面上顿时卷起巨浪,变成一只有力的大手,用力地拍打着江岸,这就是"过江千尺浪"。"过"就是经过的意思。第四句中,风儿吹到了竹林里,把成千上万的竹子吹得东倒西歪的,这就是"入竹万竿斜"。"千尺浪""万竿斜"生动形象地展现了刮大风时动人心魄的场面。

风是神奇的,也是千变万化的;风是柔弱的,也是强悍的;风既是人类的朋友,也给人类带来了无尽的灾难;风让人喜爱,也叫人害怕。全诗只有20个字,无一处用到了"风"字,但风的形象贯穿全诗,跃然纸上,写出了风的多种功能,叫人赞服。

咏柳

〔唐〕贺知章

碧玉妆成一树高,
万条垂下绿丝绦。
不知细叶谁裁出,
二月春风似剪刀。

《咏柳》赏析

《咏柳》,唐代诗人贺知章的经典佳作。这是一首咏物诗。早春二月,春意盎然,微风拂面,诗人见到了一株婀娜多姿的柳树,如获至宝,一时兴起便写下了这首七言绝句。

"碧玉妆成一树高"写的是柳树的全貌,高大的柳树发出嫩绿的新芽,像是碧玉装扮成的一样,无比美妙。"万条垂下绿丝绦"是在写柳枝,万缕垂下的柳枝柔嫩轻盈,随风摇曳,仿佛是绿色的丝带在袅袅飘舞。诗的前两句运用比喻的修辞手法,描摹出碧柳生机盎然的秀姿。"不知细叶谁裁出"写的是柳叶,如此纤细精致的柳叶是谁心灵手巧裁剪出来的呢?"二月春风似剪刀"是对上一句的巧妙回答,正是二月春风这把灵巧的剪刀,才剪出了满树细叶呀!这一句是全诗的画龙点睛之笔,诗人用一个形象的比喻,把看不见、摸不着的春风形象化了。诗的后两句用自问自答的形式、巧妙的想象,把对柳树的赞美引向对春天的赞美。

诗人通过描绘柳树的迷人姿态，赞美了生机勃勃的春天。读时，人们不仅会在脑海中呈现出一幅早春图景，同时，也会惊叹于作者的生花妙笔。古往今来，赞美柳树的诗句数不胜数，但是能像贺知章这样写得如此动人的却是凤毛麟角。

回乡偶书

〔唐〕贺知章

少小离家老大回,
乡音无改鬓毛衰。
儿童相见不相识,
笑问客从何处来。

扫一扫听赏析

《回乡偶书》赏析

诗人在写这首诗的时候,已经是 85 岁的高龄,他辞去了官职,回到了家乡。诗人离开家乡几十年,到老了才回去,心情很复杂,真的是百感交集。

首句点明这是一首回乡之作。"少小离家"和"老大回"相对,突出诗人的离乡之久、回乡之晚,道出了诗人几十年久居他乡的事实。

第二句"乡音无改鬓毛衰"承接上句,是在感叹自己已经老了。漫长的岁月,染白了自己的双鬓,时间的流逝,催老了容颜。尽管几十年过去了,但诗人的家乡口音没变。一个人从小就听惯说惯了的乡音土语,是不容易改变的。即使多年在外有所变化,但一旦踏上家乡的土地,亲切之感就会油然而生,便也会情不自禁地说起家乡话来。

三、四两句"儿童相见不相识,笑问客从何处来"描绘了一个儿童问话的有趣场面。由于诗人一直在他乡,家乡的孩子都不认识他,把他当作远方来的客人,围上来有礼貌地询问他。虽然这是儿童寻常的一问,但是诗人却受到了极大的震动,自己和故乡人那么疏远,这引起诗人无限的哀伤和感慨。值得一提的是,"笑问"一词用得特别生动,能够让读者想象儿童天真活泼的神态,富有生活情趣。

这首诗写诗人回到久别的家乡时的喜悦与感慨。它之所以长久为人们传诵,就因为它来源于诗人丰富而深切的感受,朴实无华的文字中流露出真情实感。

凉州词

〔唐〕王之涣

黄河远上白云间,
一片孤城万仞山。
羌笛何须怨杨柳,
春风不度玉门关。

扫一扫听赏析

《凉州词》赏析

王之涣的边塞诗《凉州词》是广为传唱的名篇。"凉州词"是指凉州歌的唱词,是盛唐时流行的一种曲调名,唐代很多诗人都写有《凉州词》。王之涣的这首《凉州词》历来被誉为唐代七言绝句的"压卷之作"。

诗人远眺黄河,以特殊的视角写下了这首诗。首句"黄河远上白云间"抓住远眺的特点,描绘出一幅生动的图画:辽阔的高原上,黄河奔腾而来,远远望去,好像奔流在白云之间。次句"一片孤城万仞山"展示的是在万仞高山的环抱下,一座孤城巍然屹立的画面。诗的前两句着重写景,突出了戍边士兵的凄凉境遇。在这样的环境中忽然听到了羌笛声,所吹的恰好是《折杨柳》这离别哀怨的曲调,这就更加勾起了士兵的离愁别恨。于是,诗人用豁达的语调排解道:"羌笛何须怨杨柳",何必总是用羌笛吹奏那哀怨的杨柳曲呢?"春风不度玉门关",要知道,玉门关外本来就是春风吹不到的地方,哪有杨柳可折?诗人说"何须怨",并不是劝士兵不要怨,而是说怨了也没用。

"何须怨"三字,使诗更有深意,耐人寻味。诗的后两句着重抒情,诗人情真意切,表达了对戍边士兵的深切同情,抒发了戍边士兵的离愁哀怨,但这种哀怨并不消沉,而是壮烈,这里也体现了诗人豁达广阔的胸怀。写景雄浑壮阔,抒情含蓄深永,正是这首诗的魅力所在。

登鹳雀楼

〔唐〕王之涣

白日依山尽，
黄河入海流。
欲穷千里目，
更上一层楼。

扫一扫听赏析

《登鹳雀楼》赏析

《登鹳雀楼》是唐代王之涣的名作。鹳雀楼位于我国的山西省,本诗写的是诗人登上鹳雀楼之后的所见所感,是一首登楼诗。

全诗四句,前两句描绘了北国河山的磅礴气势和壮丽景象。"白日依山尽"写的是在那一望无际、连绵起伏的群山之中,一轮落日西沉,消失在山的尽头。"白日"的意思就是太阳,"依"是依靠的意思。太阳依靠着群山往下沉。"尽"是尽头的意思。诗的第一句将视线聚焦在天空中的太阳和远方的群山,好像将景物融在了一幅图画中,为我们展现了壮观的景象。"黄河入海流"写黄河奔腾咆哮,滚滚而来,又在远处折而向东,流归大海。诗人此时登上鹳雀楼,黄河就在诗人的脚下,这一句是诗人由脚下望到天边,由近处望到远处。

后两句"欲穷千里目,更上一层楼"是千古传诵的名句,写诗人一种无止境探求的愿望,要想看得更远,唯一的办法就是站得更高。"千里""一层"都是虚数,"欲"是想要的意思,"穷"是尽的意思,

"欲穷""更上"包含了希望与憧憬，有着向上进取的精神。这两句告诉我们，只有站得高才能看得远。这个道理不光可以运用在登高望远上，还可以用在学习上，可以鼓励自己或身边的人要不断学习，学无止境。

本诗既描绘了美景，又体现了诗人进取的精神，还告诉了我们道理，不愧是千古传诵的名诗啊！

春晓

〔唐〕孟浩然

春眠不觉晓,
处处闻啼鸟。
夜来风雨声,
花落知多少。

扫一扫听赏析

《春晓》赏析

这首诗的作者是孟浩然,他的田园山水诗很有名。这首诗是诗人隐居在鹿门山时所作。

首句"春眠不觉晓",第一字就点明季节,写春眠的香甜。"不觉"是朦朦胧胧、不知不觉的意思。在这温暖的春夜中,诗人睡得真香,以至阳光探进窗户,才甜梦初醒。此句流露出诗人热爱春天的喜悦心情。第二句中,"处处"是四面八方的意思。"闻啼鸟"就是"闻鸟啼",古诗为了押韵,在词序上做了适当的调整。春天的早晨,到处是鸟雀的啼鸣声,一派生机勃勃的景象。这两句是说:春天来了,我睡得真甜,不知不觉天已大亮。一觉醒来,只听见处处有鸟儿在歌唱。

第三、第四句"夜来风雨声,花落知多少",诗人从美梦中醒来,回忆昨晚淅淅沥沥的春雨,然后联想到春花被风吹雨打、落红遍地的景象,不由得起了怜惜之情。

本诗写的是春天的景色,不是写所见,而是写所闻及所想。诗人把自己的感受写出来,然后由读者体味、想象,再现诗人描绘的意境。构思巧妙,很有情趣。而且诗的语言很自然,没有刻意雕琢,就像是从深山处流出的一股泉水,清澈透明。寥寥数字,让读者看到的是大自然的美,感受到诗人浓浓的情。读着读着,我们也和诗人一样陶醉在美美的春景中了。

凉州词

〔唐〕王翰

葡萄美酒夜光杯,
欲饮琵琶马上催。
醉卧沙场君莫笑,
古来征战几人回?

扫一扫听赏析

《凉州词》赏析

血色的葡萄酒，斟满玉白色的夜光杯。出征前的将士举杯欲饮，传来马上的琵琶声声，催促着尽情痛饮。如果我醉了，躺在杀敌的沙场上，请君莫笑话。要知道，自古至今，上了战场的将士，有几人能回还的啊？

王翰的《凉州词》是一首边塞诗。"葡萄美酒夜光杯"，美酒配好杯，前两句正确的语序应该是"欲饮—夜光杯（中的）—葡萄美酒—琵琶—马上催"，而诗人故意将如此精美之物放在句首，其色玲珑剔透，其香淳厚四溢，使全诗披上了一件光芒四射的华美外衣。"欲饮琵琶马上催"，乐队奏起了琵琶，酒宴开始了，那急促欢快的旋律，像是在催促将士们举杯痛饮，使热烈的气氛顿时沸腾了起来。好酒好杯，再配上美音，此情此景，怎能不让将士们开怀痛饮、一醉方休？诗的前两句欢快乐观，然而"醉卧沙场君莫笑，古来征战几人回"画风突变，将士的一句玩笑之语，将诗境由华丽转向悲壮。这不由得让人想起征战沙场的危险，与敌人厮杀的血腥，以及战后的荒凉：满目疮痍、尸横遍野，而幸存者寥寥无几。这一语，有两个作用：一是让诗歌的意境呈现出前后两种完全不同的状态，使得诗歌摆脱了平淡无味，显得更有韵味；二是从玩笑之语中可以看出，大唐将士们将生死置之度外，展现了唐人豪放乐观的情怀。

出塞

〔唐〕王昌龄

秦时明月汉时关，
万里长征人未还。
但使龙城飞将在，
不教胡马度阴山。

《出塞》赏析

《出塞》是唐朝诗人王昌龄写的一首边塞诗。这首绝句水平极高,被后世称为唐人七绝"压卷之作"。

"出塞"就是到边防线上去戍守边疆。古代描写军旅生活的诗歌,大多要写到明月和边关,明月和边关已经成为戍边将士生活中的两个典型景物。大概守卫边关的将士们,白天军务繁忙没有时间想家,到了静夜,面对边塞荒凉的关山,孤寂凄清,举头仰望那千里与共的明月,低下头不免想起故乡的亲人来。全诗大意是:这明月就是秦汉时戍边将士仰望过的明月,这边关就是秦汉时戍边将士守卫过的边关,久别亲人,经过长途跋涉,这些将士未能回到家乡。(怎样才能解脱人民的痛苦呢?)如果有李广那样的大将戍守边关,就不会让胡人越过阴山南下入侵了。

诗人从写景入手,首句勾勒出一幅冷月照边关的苍凉景象。"秦时明月汉时关"不能理解为秦时的明月、汉代的边关。这里的秦、汉、关、月交替使用，完整的意思是秦汉时的明月、秦汉时的边关，这种方法叫作"互文见义"。诗人是想通过这种方法强调，这里的战事从秦汉以来从未间歇过，突出了时间的久远。第二句"万里长征人未还"，"万里"指内地和边塞相距万里，显示了空间的辽阔。后两句写得含蓄巧妙，用以古讽今的手法，以古代李广来讽刺当今国无良将。全诗表现了诗人对戍边将士久征未归的同情，也表现了希望朝廷能征用良将，早日平息边塞战争的美好愿望。

芙蓉楼送辛渐

〔唐〕王昌龄

寒雨连江夜入吴，
平明送客楚山孤。
洛阳亲友如相问，
一片冰心在玉壶。

扫一扫听赏析

《芙蓉楼送辛渐》赏析

这是一首送别诗,作者王昌龄。辛渐是诗人的朋友,他由润州(今江苏镇江)渡江,取道扬州,北上洛阳。王昌龄可能陪他从江宁(今江苏南京)到润州,然后在此分手。

"寒雨连江夜入吴",迷蒙的烟雨笼罩着吴地江天(今南京一带,此地是三国孙吴故地),织成了一张无边无际的愁网。夜雨增添了萧瑟的秋意,也渲染出了离别的黯然气氛。那寒意不仅弥漫在满江烟雨之中,更沁透在两个离别友人的心头。"连"字和"入"字写出雨势的平稳连绵,能让人明显地感受到江雨悄然而来的动态,我们可以想见诗人一夜未眠。这一幅水天相连、浩渺迷茫的吴江夜雨图,展现了一种极其高远壮阔的境界。清晨,天色已明,辛渐登舟北归。诗人遥望江北的远山,想到友人不久便将隐没在楚山之外,孤寂之感油然而生。然而王昌龄没有寄愁绪于随友人远去的江水,却将离情凝注在矗立于苍莽平野的楚山之上。因为友人回到洛阳,即可与亲友相聚,而留在吴地的诗人,却只能像这孤零零的楚山一样,伫立在江畔空望着流水逝去。一个"孤"字如同感情的引线,牵出了后两句临别叮咛之辞:"洛阳亲友如相问,一片冰心在玉壶。"诗人从清澈无瑕、澄空见底的玉壶中捧出一颗晶亮纯洁的心来安慰友人,这就比任何相思的语言都更能表达他对洛阳亲友的深情。

鹿柴

〔唐〕王维

空山不见人，
但闻人语响。
返景入深林，
复照青苔上。

《鹿柴》赏析

《鹿柴》是唐代诗人王维山水诗的代表作之一。王维平生好佛,半官半隐,这首诗便是他隐居辋川时所写。诗题"鹿柴"中的"柴"字通"寨",鹿柴是辋川的胜景之一。这首诗描绘了鹿柴附近的空山深林在傍晚时分的幽静景色:空荡荡的山谷中不见人影,只听见人说话的声音。落日的余晖照进幽暗的树林,又透过斑驳的树影照在青苔上。

这首诗简短精练,清新自然,意味悠长。首句"空山不见人"直接描写空山的寂寥静谧;次句"但闻人语响",表面上看,这几声"人语响"似乎打破了寂静,其实,一阵人语响过以后,空山又回到了万籁俱寂的境界之中。诗的前两句写静,静中有动,以有声来反衬寂静。"返景入深林,复照青苔上",诗的后两句用夕阳返照来反衬深林的幽暗清冷。按理说,要描写幽暗应该回避光亮,诗人却偏偏写"返景入深林"。猛一看,这微弱的日光似乎给幽暗的深林带来了一丝光亮,其实恰恰相反,当"返景"的余晖透过斑驳的树影照在青苔上时，那一小块光亮与一大片幽暗所形成的强烈对比，反而使深林的幽暗更加突出。诗的后两句写动，动中有静，以光亮来反衬幽暗。诗人巧妙地用反衬的手法，别具一格地写出了鲜少为人注意的有声的寂静和有光的幽暗，这是诗人对大自然细心观察、潜心体会的结果。

送元二使安西

〔唐〕王维

渭城朝雨浥轻尘,
客舍青青柳色新。
劝君更尽一杯酒,
西出阳关无故人。

扫一扫听赏析

《送元二使安西》赏析

这是唐代非常著名的一首送别诗,当时就被谱成《阳关三叠》,历代广为流传。诗人王维的朋友元二奉朝廷的使命前往安西,诗人在渭城与他作别,作此诗。这首诗语言朴实、形象生动,道出了深挚的依依惜别之情。

诗的前两句"渭城朝雨浥轻尘,客舍青青柳色新",点明了送客的时间和地点,将环境氛围——表现出来。初春的渭城,早晨的一场细雨润湿了路边的浮尘,尘埃落定,空气变得清爽;盖有青瓦的旅舍与旁边青翠的嫩柳相互映衬,显得清新无比。诗中用"浥"字形容雨润湿尘埃,用"新"字形容柳色翠嫩,准确生动地抓住了事物的特点。而柳色的"柳"与留恋的"留"谐音,更表达出诗人王维对好友的惜别之情。诗的后两句"劝君更尽一杯酒,西出阳关无故人",写的是在送别的酒席上,诗人劝朋友多饮几杯,因为从渭城西行出了阳关,就再也不会遇到熟悉的朋友了。友人出使安西,不免经历长途跋涉,备尝独行穷荒之地的艰辛与寂寞,因此这临行之际的"劝君更尽一杯酒",就像是一杯浸透了诗人深情厚谊的浓郁的感情琼浆。表面上是劝酒,其实饱含的是依依惜别的情谊,同时也包含着对远行者前路珍重的祝愿。诗歌把深沉的情感融入平淡的话语中,更增添了感人的力量,成为千古传诵的名篇。

九月九日忆山东兄弟

〔唐〕王维

独在异乡为异客,
每逢佳节倍思亲。
遥知兄弟登高处,
遍插茱萸少一人。

扫一扫听赏析

《九月九日忆山东兄弟》赏析

这是王维的一篇思乡怀亲的名作,是王维 17 岁时所写。诗的前两句深切地表达了诗人对家乡和亲人的思念之情。"独在异乡为异客"用了一个"独"字,两个"异"字,语气强烈,真切地道出了诗人内心的孤独感。诗人独自漂泊在遥远的他乡,日夜思念着故乡和亲人。第二句"每逢佳节倍思亲"说明平常已有思亲之苦,每逢佳节来临,思乡怀亲之情就会更加刻骨铭心,因为佳节往往是家人团聚的日子,而且往往和对家乡风物的许多美好记忆联结在一起。"倍"字写出了思念之深、思念之重。这里所说的"佳节",虽然泛指美好节日,但更是为本诗所写的"九月九日"即"重阳节"作铺垫。诗的后两句是诗人的想象,"遥知兄弟登高处,遍插茱萸少一人",远在故乡的兄弟们今天登高时,身上都佩戴了茱萸,却唯独少了我一个人。这两句是全诗感情的最高潮,诗人想象着兄弟们成群结伴、登高饮酒的情景,同时设想因为自己无法亲临盛会,共享欢乐,兄弟们也会感到一种无法团聚的缺憾。这首诗从对方着笔,展开想象,更加显得情真意切。全诗语言朴素,并给人以无限的回味和遐想。

静夜思

〔唐〕李白

床前明月光，
疑是地上霜。
举头望明月，
低头思故乡。

《静夜思》赏析

李白 25 岁时,带着数万盘缠,离家远游,来到繁华之都——扬州。这是一个有钱人的斗富场,也成了李白挥霍金钱的大舞台,亲朋旧友来访,李白必当盛情款待,落魄文人求助,李白必当慷慨解囊。很快,李白就把自己的盘缠挥霍一空。见李白囊空如洗了,身边的人也便作鸟兽散,一时间,门庭冷落,偏偏就在这时李白感染了风寒,卧病在床而又举目无亲,突然想起以前喝了母亲煎的药病就好了,在这孤独的扬州,浓浓的乡愁便涌上心头。这天夜里,病痛难耐的李白好不容易睡着,却在一阵病痛中惊醒,在一片漆黑之中有感而发,写下了这首家喻户晓的名篇《静夜思》。

思乡之情,古今皆有之。那么,思乡是怎样的感受?《静夜思》这首古诗就写了这样的情形:当诗人在一个安静的夜晚从梦中醒来后,看到从窗口斜射进来的月光洒在地上,满地都是发亮的银白色,还以为什么时候地上结了霜。等到忽地察觉这银色是洒落在窗前的月光,他抬起头来深情地凝望着那皎洁如水的月轮,望着,望着,仿佛望见了母亲那渐渐模糊的容颜,于是便低头思念起故乡。李白想这月光何止照在自己一个人身上,也照在故乡那层层叠叠的群山上,照在那久违的院落里,更照在同样也凝望着明月轻唤着孩儿乳名的母亲身上,浓浓的怀乡情绪便萦绕于那月夜之中,诗人久久不能入眠。

作者首先描写了清静的月夜之景色,以月夜的清静来衬出诗人的寂寞孤单。全诗从"疑"到"举头",从"举头"到"低头",心理刻画和行动举止描写相结合,形象地揭示了诗人的内心活动,鲜明地勾勒出一幅生动形象的月夜思乡图,抒发了作者在寂静的月夜思念家乡的感情。

古朗月行（节选）

〔唐〕李白

小时不识月，呼作白玉盘。
又疑瑶台镜，飞在青云端。
仙人垂两足，桂树何团团。
白兔捣药成，问言与谁餐？

扫一扫听赏析

《古朗月行》(节选)赏析

这是一首乐府诗。题目《古朗月行》,行,是乐府诗歌体裁。朗月,是明朗的月亮。鲍照曾写过《朗月行》。李白借用古题,故称《古朗月行》。

这是一个月明星稀的夜晚,李白仰望星空,突然回想起一些往事:"小时不识月,呼作白玉盘。又疑瑶台镜,飞在青云端。"瑶台,传说是神仙居住的地方。小时候不认识月亮,看着它的光芒洁白如玉,形状又大又圆,傻乎乎地以为是一个圆盘,再多看几眼,又以为是仙界的一面镜子,高高地飞在青云的一头。"仙人垂两足,桂树何团团。白兔捣药成,问言与谁餐?"团团,是圆圆的意思。再接着看,似乎看到有神仙坐在树上,垂挂着两只脚,而那棵树是圆圆的可爱的桂树,仔细往树下一看,还能看到白兔已经把药捣好了,正在询问可以和谁一起进餐服用呢。诗人多么希望它是在邀请自己啊!

此诗开始运用比喻的修辞手法,生动形象地写出了月亮的形状和皎洁可爱，使人感到新颖有趣。"呼""疑"两个动词，传达出了儿童的天真烂漫之态。然后诗人以关于月亮的传说，写出了月亮升起时逐渐明朗和宛若仙境般的景致。

望庐山瀑布

〔唐〕李白

日照香炉生紫烟,
遥看瀑布挂前川。
飞流直下三千尺,
疑是银河落九天。

扫一扫听赏析

《望庐山瀑布》赏析

《望庐山瀑布》是诗人李白 50 岁左右隐居庐山时写的一首风景诗。这首诗形象地描绘了庐山瀑布雄奇壮丽的景色,表达了诗人对祖国大好河山的无限热爱之情。

第一句"日照香炉生紫烟",写一座顶天立地的香炉,冉冉地升起了团团白烟,缥缈于青山蓝天之间,在红日的照射下化成一片紫色的云霞。这里的"香炉"是指庐山的香炉峰。此峰在庐山西北,形状尖圆,像座香炉。由于瀑布飞泻,水汽蒸腾而上,在丽日照耀下,仿佛有座顶天立地的香炉冉冉升起了团团紫烟。一个"生"字把烟云冉冉上升的景象写活了。此句为瀑布设置了雄奇的背景,也为下文直接描写瀑布渲染了气氛。

第二句"遥看瀑布挂前川"。"遥看瀑布"四字照应了题目《望庐山瀑布》。"挂前川"是说瀑布像一条巨大的白练从悬崖直挂到前面的河流上。"挂"字化动为静,惟妙惟肖地写出遥望中的瀑布。诗的前两句从大处着笔,概写望中全景:山顶紫烟缭绕,山间白练悬挂,山下激流奔腾,构成一幅绚丽壮美的图景。

第三句"飞流直下三千尺"是从近处细致地描写瀑布。"飞流"表现瀑布凌空而出,喷涌飞泻。"直下"既写出岩壁的陡峭,又写出水流之急。"三千尺"极力夸张,写山的高峻。

这样写诗人觉得还没把瀑布的雄奇气势表现得淋漓尽致,于是接着又写上一句"疑是银河落九天"。说这"飞流直下"的瀑布,使人怀疑是银河从九天倾泻下来。"疑是"值得细味,诗人明明说得恍恍惚惚,而读者也明知不是,但是又都觉得只有这样写,才更为生动、逼真,其奥妙就在于诗人前面的描写中已经孕育了这一形象。一个"疑"字,用得空灵活泼,若真若幻,引人遐想,增添了瀑布的神奇色彩。巍巍香炉峰藏在云烟雾霭之中,遥望瀑布就如从云端飞流直下,临空而落,这就自然地联想到像是一条银河从天而降。可见,"疑是银河落九天"这一比喻,虽然奇特,但并不是凭空而来,而是在形象的刻画中自然地生发出来的。

赠汪伦

〔唐〕李白

李白乘舟将欲行,
忽闻岸上踏歌声。
桃花潭水深千尺,
不及汪伦送我情。

扫一扫听赏析

《赠汪伦》赏析

《赠汪伦》是唐代伟大诗人李白于泾县（今安徽皖南地区）游历时写给当地好友汪伦的一首赠别诗。诗中首先描绘李白乘舟欲行时，汪伦踏歌赶来送行的情景，十分朴素自然地表达出一位普通村民对诗人那种朴实、真诚的情感。后两句诗人信手拈来，先用"深千尺"赞美桃花潭水的深湛，紧接着"不及"两个字笔锋一转，用比较的手法，把无形的情谊化为有形的千尺潭水，形象地表达了汪伦对自己那份真挚深厚的友情。全诗语言清新自然，想象丰富奇特，令人回味无穷，是李白诗中流传最广的佳作之一。

汪伦是李白的好朋友，曾经做过县令，辞官后居泾县桃花潭。他豪爽好客，同李白等诗人相友好，常有诗文来往。李白这次来访汪伦，汪伦以美酒招待他，李白临别时写赠此诗。

这首诗以叙事开头："李白乘舟将欲行，忽闻岸上踏歌声。"写李白离开桃花潭时的情景。此时人已登舟，船也就要开了，忽然听到岸上有人边唱歌边走了过来。"忽闻",说明李白并不知道会有人来送行;"踏歌",写出送行者边走边唱从岸上过来的神态。他是谁呢?这句诗中并未直接写出,直到最后一句才点明,原来是友人汪伦。

三、四两句叙事抒情:"桃花潭水深千尺,不及汪伦送我情。"诗句用的是说话的语气,李白说:"桃花潭的潭水纵然有千尺那么深,却总及不上汪伦送我的这番情谊啊!""千尺"形容潭水极深,意在表明汪伦和自己的友情更深。这里用"深千尺"和"送我情"相比,而且加上"不及"两字,显得意味深长、耐人寻味。

这首小诗,深为后人赞赏,"桃花潭水"成为后人抒写别情的常用语。由于这首诗,桃花潭一带留下了许多优美的传说和供旅游访问的遗迹,如东岸题有"踏歌古岸"门额的踏歌岸阁、西岸彩虹冈石壁下的钓隐台等。

非常普通的一首小诗,却是对友情的最好诠释。

黄鹤楼送孟浩然之广陵

〔唐〕李白

故人西辞黄鹤楼,
烟花三月下扬州。
孤帆远影碧空尽,
唯见长江天际流。

扫一扫听赏析

《黄鹤楼送孟浩然之广陵》赏析

这是一首送别诗,作者是唐代伟大的诗人李白。老朋友孟浩然向西辞别黄鹤楼,在烟雾迷蒙、繁花似锦的暮春三月沿江东下,前往扬州。诗人站在江边,目送他所乘坐的扁舟渐行渐远,孤独的帆影最终消失在碧蓝的天边;他的眼前只剩下浩浩长江水依然一刻不停地向着天际默默奔流。

诗的前两句写离别,但在李白的心目中,孟浩然这次旅行并不令人悲伤,繁花似锦的烟花春色将会一路相伴,顺流而下的旅途将会轻松潇洒,美丽繁华的扬州将会敞开怀抱迎接他的到来,李白自己甚至都有些儿心驰神往了。诗的后两句看起来似乎是写景,但在写景中包含着一个充满诗意的细节。"孤帆远影碧空尽",李白一直把朋友送上船,船已经扬帆而去,而他还在江边目送远去的风帆。李白望着帆影,一直看到帆影逐渐模糊,消失在碧空的尽头,可见目送时间之长、离别情意之深。帆影已经消失了,然而李白还在翘首凝望,这才注意到一江春水在浩浩荡荡地流向远远的水天交接之处。

李白天性俊爽豪迈，孟浩然的风流倜傥让他倾心仰慕。黄鹤楼的这次离别，是两位不同寻常、浪漫潇洒的大诗人之间的离别。李白将这次与众不同、充满诗意的离别写得飘逸灵动、余韵无穷，真不愧为"诗仙"！

早发白帝城

〔唐〕李白

朝辞白帝彩云间,
千里江陵一日还。
两岸猿声啼不住,
轻舟已过万重山。

扫一扫听赏析

《早发白帝城》赏析

大诗人李白在写这首诗之前,因为牵连谋反案,遭到流放,正走到白帝城时,忽然收到赦免的消息。一生渴望自由、追求解放的李白,突然间恢复了人身自由,狂喜无比,当即从白帝城乘船东下,急返江陵,并且写下了这首诗表达自己畅快喜悦的心情。

首句"彩云间"三个字,既说明白帝城地势的高峻,又表现出了这里景色的绚丽多彩。第二句"千里江陵一日还",是写诗人东归江陵的情况。从白帝到江陵有千里水路,但是顺水行舟,只需一天就能返回。这里,"千里"与"一日"的鲜明时空对照,形象地表现出飞舟疾下的迅速,令人感受到诗人此刻真是归心似箭。三、四两句"两岸猿声啼不住,轻舟已过万重山",先写猿声,再写轻舟,一个"已"字,既呈现了诗人三峡行舟时感受到的猿声山影,又形象地表达出诗人历尽艰险、遇赦东还时无比轻松愉悦的心情。

这首七言绝句是李白诗作中流传最广的名篇之一,千百年来被人视若珍品。诗人仿佛不假思索,随笔一挥,不仅将一幅瑰丽奇绝的长江画卷铺展在人们眼前,而且仿佛让自己的精神魂魄飞越万水千山,所以有人称赞这首诗具有"惊天地而泣鬼神"的力量。

望天门山

〔唐〕李白

天门中断楚江开,
碧水东流至此回。
两岸青山相对出,
孤帆一片日边来。

扫一扫听赏析

《望天门山》赏析

这首诗是李白晚年写的一首七言绝句,描绘了天门山的巍峨险峻与长江的浩荡汹涌。

诗的开头只写了天门山的独特——高耸矗立在长江两岸。在诗人眼中,长江是无比豪迈的,两山对峙是由愤怒的江水冲断造成的,奔腾的江水冲出"大门"后突然掉头回旋往北而去。以上两句写了天门山的独特气势以及江水的雄浑豪迈。这其中,山是静的,水是动的,动静结合。

后两句写船在江上行驶,穿过两岸对峙的青山,远远望去,那一叶孤舟好似从东边日出之地缓缓驶来。

诗人以先近后远的视觉效果展开画面,近处是"两山对峙",远处是"孤帆一片"。这里青山、白帆、红日,色彩鲜艳。全诗以"望"引出全诗,有动有静,有远有近,描绘出了一幅雄山劲水的壮丽画面,从而表现了诗人开阔的胸襟和热情豪放的性格。

别董大

〔唐〕高适

千里黄云白日曛,
北风吹雁雪纷纷。
莫愁前路无知己,
天下谁人不识君?

《别董大》赏析

这是一首送别诗,它的特色在于不仅充分表达了诗人的依依惜别之情,激励老友摆脱他乡的孤寂之情,还借以赞扬老友闻名天下。

开头两句看似是在描写景色——漫天的黄沙遮蔽云朵,白昼的太阳也显得昏昏沉沉,北风阵阵,大雪纷飞,雁群艰难飞行,实际上暗喻了当时情况的艰难,远行他乡后的莫测,由此表达了诗人对老友的关怀和眷恋。

结尾两句诗人笔锋一转,意境顿时豁然开朗,对友人百般劝慰和激励,让友人鼓起了勇气——四海之内有知音。"天下谁人不识君"说明董大艺名远扬。谁不尊重您高超的技艺和人品?诗中以反问的语气增强友人的信心,含蓄而亲切,使人感到格外温暖,进而也表明对友人的无限祝福。从后两句诗中,我们也能得出这样的启示:要时时有开阔的胸襟,要永远看到希望。

全诗格调高昂,充满豪气,景物的描写和反问句的运用更增添了诗的气势。

绝句(其一)

〔唐〕杜甫

两个黄鹂鸣翠柳,
一行白鹭上青天。
窗含西岭千秋雪,
门泊东吴万里船。

《绝句》(其一)赏析

这首诗是诗人住在成都浣花溪草堂时写的。当时,他的心情很好,面对一派生机勃勃的景象,情不自禁,写下这一首即景小诗。它描写了草堂周围明媚秀丽的春天景色。

本诗由工整的对偶句组成。诗歌以富有生机的自然美景切入,给人营造出一种清新轻松的氛围。诗人倚窗向外眺望,首先看到的是近景:屋外杨柳呈现一派青翠欲滴的色彩,柳枝迎风飘舞。两只黄莺在柳树间相互追逐,唱出了悦耳的歌声。再把视线投向天空,看到成行的白鹭在高空中自由自在地飞翔,好像要与青天相接的样子。这很自然地会使诗人产生"一行白鹭上青天"的感受。这两句由近及远,视野辽阔。这些景物的画面,色彩艳丽:嫩黄的小鸟,翠绿的柳林,雪白的鹭鸶,蔚蓝的青天,四种色彩给人以深刻的印象。不仅有色还有声,有那婉转动听的莺歌,真是一派生机勃勃的景象。

诗人的眼睛好像摄像机镜头一般,又转向对面的西岭。这巍峨的西岭,尽是皑皑白雪,千年不化。西岭虽大,但这个小小的窗口却能把西岭的雪景尽收眼底。诗人用"窗含"一词来概括所看到的这幅积雪图,气势非凡。接着诗人的目光又由山落到门前的岷江上,沿河停泊着许多商船,这些商船是经常往来于蜀地和长江下游吴地的。

全诗四句,两两相对,刚好组成两副对子。这两副对子写的景色远近交错,形成一个完整的、辽阔的、有声有色的画面,给读者无限广阔的思索空间。

春夜喜雨

〔唐〕杜甫

好雨知时节,当春乃发生。
随风潜入夜,润物细无声。
野径云俱黑,江船火独明。
晓看红湿处,花重锦官城。

《春夜喜雨》赏析

这首诗作于上元二年（761）春天，杜甫这时已经在成都草堂居住了两年。从上年的冬天到这年的二月间，成都一带发生了旱灾。经历过冬天的人，最懂得春天的温暖；经历过旱灾的人，最懂得雨的可贵。所以当春雨来临之际，杜甫欣喜非常，以久旱逢甘霖的心情，在诗中描绘了春夜雨景，讴歌了春雨滋润万物之功。

首联就用一个"好"字赞美"雨"。在生活里，"好"常常被用来赞美那些做好事的人。这里用"好"赞美雨，会唤起关于做好事的人的联想。接下去，就把雨拟人化，说它"知时节"，懂得满足客观需要。的确，春天是万物萌芽生长的季节，正需要下雨，雨就下起来了。它是多么"好"！

颔联进一步表现雨的"好"。雨之所以"好"，就好在适时，好在"润物"。这两句也是名句，"潜入夜"和"细无声"相配合，不仅表明那雨是伴随和风而来的细雨，而且表明那雨有意"润物"，无意讨"好"。所以它选择了一个不妨碍人们工作和劳动的时间悄悄地来,在人们酣睡的夜晚无声地、细细地下,表现了它无私的品质。

雨这样"好",就希望它下多下够,下个通宵。倘若只下一会儿,就云散天晴,那"润物"就很不彻底。诗人抓住这一点,写了颈联。在不太阴沉的夜间,小路比田野容易看得见,江面也比岸上容易辨得清。此时放眼四望,"野径云俱黑,江船火独明",天空全是黑沉沉的云,地上也像云一样黑。看起来,这雨准会下到天亮。

尾联写的是想象中的情景。如此"好雨"下上一夜,万物就都得到润泽,它们滋长起来了。最能代表春色的花,带雨开放,红艳欲滴。等到明天清早去看看吧:整个锦官城汇成一片花的海洋。

这首诗细腻、动人。诗的情节从概括的叙述到形象的描绘,由耳闻到目睹,自当晚到次晨,结构严谨,用词讲究。颇为难写的夜雨景色,却写得十分耀眼突出,使人从字里行间呼吸到一股令人喜悦的春天气息。

绝句(其二)

〔唐〕杜甫

迟日江山丽,
春风花草香。
泥融飞燕子,
沙暖睡鸳鸯。

《绝句》(其二) 赏析

　　这是杜甫写的《绝句》组诗中的第二首。"迟日"就是春天。春天阳光普照,一派秀丽的景色。和煦的春风吹来花草浓郁的芳香。冰冻的泥土解冻了,南归的燕子正繁忙地飞来飞去。溪边暖暖的沙洲上,鸳鸯静静地睡着,一动不动。这首诗紧扣"春天"这个主题,生动刻画了自然界的生机勃勃。第一句以"迟日"领起全篇,总写春天的秀美景色,给人一种春光和煦、万物欣欣向荣的感觉。第二句写春风拂面,带来阵阵花香,令人神清气爽,这是春的气息。这两句中的"迟日""江山""春风""花草"组成了一幅粗线勾勒的大场景,句尾的"丽""香"突出了诗人强烈的感觉。后两句则是工笔细描的特定画面,动静结合,既有燕子翩飞的动态描绘,又有鸳鸯慵睡的静态写照。飞燕的繁忙暗示春天的勃勃生机,鸳鸯的闲适则透出和谐的春意,一动一静,相映成趣。这首五言绝句表现了诗人对美好大自然的赞赏,是极富诗情画意的佳作。

江畔独步寻花

〔唐〕杜甫

黄师塔前江水东,
春光懒困倚微风。
桃花一簇开无主,
可爱深红爱浅红?

《江畔独步寻花》赏析

　　江畔独步寻花，写的是诗人杜甫独自一人，在锦江江畔散步赏花时的所见所感。当时正是春暖花开的时节，许多花儿竞相开放。杜甫边走边看，被眼前的美景吸引，写下了《江畔独步寻花七绝句》这一组诗，共七首，这是第五首。"黄师塔前江水东"，写明了赏花的地点，诗人在和煦的春风中沿着锦江江畔悠闲散步，不知不觉来到了黄师塔的前面，"塔"即墓地。只见黄师塔前的锦江碧水流淌，向东而去。"春光懒困倚微风"点明赏花的时间，即春天，同时描写了诗人在无边的春光中懒困惬意的神情。春日融融，微风轻拂，让人感觉懒洋洋的，想要睡觉。正在这时，惊喜出现了，诗人忽然感到眼前一亮——只见一簇没有主人的桃花在江边盛开着，颜色深浅不同，诗人精神为之一振。"可爱深红爱浅红？"一句，运用了疑问句的形式，向人们展现了一幅花丛中深红、浅红交相辉映的画面，不仅写出了桃花争妍斗艳的景象，为画面增添了亮丽的色彩，而且透过诗句，能够使人看到诗人在桃花丛中欣赏玩味，目不暇接的样子。全诗风格清新自然，尤其是最后两句，充分表现了大好春光给人带来的欣喜，抒发了诗人对美好春天的热爱之情。

枫桥夜泊

〔唐〕张继

月落乌啼霜满天,
江枫渔火对愁眠。
姑苏城外寒山寺,
夜半钟声到客船。

《枫桥夜泊》赏析

张继的这首《枫桥夜泊》流传千古。一个秋天的夜晚，诗人泊船在苏州城外的枫桥，江南水乡秋夜幽美的景色，触动了这位怀着旅愁的游子，让他写下了这首意境深远的诗。短短四句诗，胜似一幅美妙而奇幻的图画，有声有色，有静有动，表达了诗人旅途中孤寂忧愁的情感。

首句写诗人的所见、所闻、所感。上弦月升起得早，半夜时便已沉落下去，整个天空只剩下一片灰蒙蒙的光影，树上的栖乌发出几声啼鸣，触动了诗人的心绪。深夜的寒意，从四面八方围向诗人夜泊的小船，让他感到身外的茫茫夜气中正弥漫着满天霜华。

第二句可谓是写"愁"的千古佳句。在朦胧的夜色中，江边的树只能看到一个模糊的轮廓，透过雾气茫茫的江面，可以看到星星点点的几处"渔火"。"江枫"与"渔火"，一静一动，一暗一明，都陪伴着泊舟枫桥的旅人。诗人在愁什么呢？张继是位抱负远大的才子，其时已得进士功名,也许是忧国忧民,也许是怀才不遇,也许是仕途艰难,我们不得而知。只有夜幕中,诗人满怀愁绪,一夜伴着"江枫"和"渔火"而未眠的身影。

三、四句写诗人在客船卧听古刹钟声。在静夜中忽然听到远处传来悠远的钟声,一夜未眠的诗人有何感受呢?他面对霜夜江枫渔火,萦绕起缕缕轻愁。这"夜半钟声"不但衬托出了夜的静谧,更揭示了夜的深沉,而诗人卧听钟声时的种种难以言传的感受,也就尽在不言中了。

滁州西涧

〔唐〕韦应物

独怜幽草涧边生，
上有黄鹂深树鸣。
春潮带雨晚来急，
野渡无人舟自横。

《滁州西涧》赏析

滁州,在今安徽。西涧,在滁州城西,俗名上马河。此诗是作者出任滁州刺史时所作,描写了诗人春游滁州西涧赏景时的所见。

"独怜幽草涧边生,上有黄鹂深树鸣",开头二句是写日间所见。暮春时节,花已经快落了,诗人悠闲地走到了西涧,见到了一片萋萋的青草。幽草虽然不及百花妩媚娇艳,但它那青翠欲滴的身姿,那自甘寂寞、不愿谄媚的品质自然而然地赢得了诗人的喜爱。这里的"独怜"二字是诗人别有会心的感受,表达了诗人对"幽草"的喜爱和自己闲适恬淡的心境。莺啼婉转,在树丛深处流转,似乎打破了刚才的沉寂和悠闲,写出了诗人怡然自得的开朗和豁达。涧边生长的幽草,在树阴深处啼鸣的黄莺,清丽的色彩与动听的音乐交织成了一幅幽雅的春景图。

接下来两句,侧重写荒津野渡的景色。"春潮带雨晚来急,野渡无人舟自横",到傍晚时分,春潮上涨,春雨淅沥,西涧的水势变得湍急起来。郊野渡口,本来就荒凉冷漠,此时更加难觅人踪,只有空舟在随波漂荡。这两句诗所描绘的情境,读来似乎有些荒凉,但是一个"自"字,却体现着悠闲和自得。

全诗开篇写幽草、黄莺时,用"独怜"的字眼,表露出诗人安贫守节、不谄媚的胸襟,后两句在水急舟横的悠闲景象中,蕴含着一种"自我欣赏"的情感。以情写景,借景抒情,让我们感受到了作者豁达的胸襟。

游子吟

〔唐〕 孟郊

慈母手中线,游子身上衣。
临行密密缝,意恐迟迟归。
谁言寸草心,报得三春晖。

扫一扫听赏析

《游子吟》赏析

《游子吟》是一首赞美母爱的经典之作,千百年来为人传唱不已。二年级的时候,我们学习过的课文《母亲的恩情》,讲述的就是这首诗。诗人孟郊在创作时,已不是黄发小儿,在知天命的年纪里,他对母爱有了更深刻的认识,对母亲有着更想说的千言万语。但思来想去,落笔却那么的寻常,寻常到不需要多少语言功底,就能读得明明白白,却又悄悄地击中我们的内心。

"慈母手中线,游子身上衣",母亲为孩子缝补衣裳,添置衣物,默默做着自己力所能及的事情;"临行密密缝,意恐迟迟归",孩子要出远门了,母亲又帮着收拾行囊,口中不忘反复叮咛出门的注意事项,嘴里说着"保重",内心又盼着孩子早点儿回家。这样的画面在我们每个人的家庭中一次又一次地上演着,让人会心一笑而又突然语塞。母爱在这平凡的生活中缓缓流出。告别的时刻到来了,离愁别绪达到了情感的顶峰。或许,每一位游子此时都转身抹泪,而每一位母亲都在游子们看不见的身后默默挥手,直到孩子的身影消失在小路的尽头，随后陷入时刻的担忧之中。作为不能奉孝于父母膝边的游子们，又能做些什么来安慰此时的母亲呢？

"谁言寸草心，报得三春晖！"是啊，儿女们就像是阳光下的小草，一直蒙受着母爱的光照，可小草却永远不能为太阳做些什么。母爱的无私在诗人这一句感慨中表现得淋漓尽致，而一份游子的无奈也从中流露。这世上最爱我们的就是我们的母亲，而每一位孩子能做的，或许只是——"常回家看看"。

早春呈水部张十八员外

〔唐〕韩愈

天街小雨润如酥,
草色遥看近却无。
最是一年春好处,
绝胜烟柳满皇都。

扫一扫听赏析

《早春呈水部张十八员外》赏析

这首诗的作者韩愈是唐代著名的文学家,他写过不少优秀的诗文,后世苏轼评价他"文起八代之衰"。本诗是他的经典之作。诗题中所说的"张十八员外"指的是张籍。因张籍在兄弟辈中排行十八,又曾任水部员外郎,故称。

本诗所写的是"早春"时节的风景。说到早春,我们可能会想到"梅花",可能会想到"嫩柳",可能会想到"黄鹂"。可仔细一瞧,除了春雨与春草,作者并未着墨任何极富早春特色的风光,别有一番清新风味,视角十分新颖。在韩愈的笔下,春雨滋润而细腻,在蒙蒙细雨中漫步,远望草色如碧,近看似有若无。这淡淡的春色便是他眼中最美的风景,远远胜过柳色如烟、满城飞絮的暮春时节。朱自清曾在《春》一文中写道:"一切都像刚睡醒的样子,欣欣然张开了眼……小草偷偷地从土里钻出来,嫩嫩的,绿绿的……"似乎就是本诗最精彩的注脚。

"春雨洗尘埃，一片清新好风景"，看惯了那桃红柳绿的浓墨重彩，看看绿绿的草芽，品一品烟雨中那朦朦胧胧的春意，一种希望，一种舒畅之感便会溢满我们的心间。在品味这首诗时，可以和已经学习过的描写春景的诗，如《春夜喜雨》《春晓》《江南春》等对比欣赏，我们一定会有所收获。

渔歌子

〔唐〕张志和

西塞山前白鹭飞,
桃花流水鳜鱼肥。
青箬笠,绿蓑衣,
斜风细雨不须归。

扫一扫听赏析

《渔歌子》赏析

这首词描写了江南水乡春汛时期捕鱼的情景,有鲜明的山光水色,有渔翁的形象,是一幅用诗写的山水画。

"西塞山前白鹭飞",白鹭在西塞山前展翅飞翔,使这个鱼米之乡更显得生趣洋溢了。南方每年二三月间,桃花盛开,天气暖和,雨水比冬天多,下几场春雨,河水就会上涨,于是逆水而上的鱼群便多起来了。作者没有简单地说春汛到来,而是用"桃花流水鳜鱼肥"来描写,这就更能勾起读者的想象,使人们似乎看见了两岸盛开的红艳艳的桃花;河水陡涨时,江南特有的鳜鱼不时跃出水面,多肥大呀。"鳜鱼"是一种味道特别鲜美的淡水鱼,嘴大鳞细,颜色呈黄褐色。春汛来了,渔夫也忙碌开了。"箬笠"就是用竹丝和青色箬竹叶编成的斗笠。"蓑衣"是用植物的茎叶或皮制成的雨衣。"归",回家。"不须归",是说也不须回家了。从渔翁头戴箬笠,身披蓑衣,在斜风细雨里欣赏春天水面景物的画面中,读者便可以体会到渔夫在捕鱼时的愉快心情。

此词在秀丽的水乡风光和理想化的渔人生活中,寄托了作者爱自由、爱自然的情怀。雨中青山,江上渔舟,天空白鹭,两岸红桃,色泽鲜明但又显得柔和,气氛宁静但又充满活力。而这既体现了作者的艺术匠心,也反映了他高远冲澹、悠然脱俗的意趣。

塞下曲

〔唐〕卢纶

月黑雁飞高,
单于夜遁逃。
欲将轻骑逐,
大雪满弓刀。

扫一扫听赏析

《塞下曲》赏析

《塞下曲》为汉乐府旧题,属《横吹曲辞》,内容多写边塞征战。这是卢纶组诗《塞下曲》中的第三首。卢纶曾任幕府中的元帅判官,对行伍生活有体验,描写此类生活的诗比较充实,风格雄劲。这首诗写将军雪夜准备率兵追敌的壮举,气概豪迈。

前两句写敌军的溃逃。"月黑雁飞高",月亮被云遮掩,一片漆黑,宿雁惊起,飞得高高的。"单于夜遁逃",在这月黑风高的不寻常的夜晚,敌军偷偷地逃跑了。"单于",原指匈奴最高统治者,这里借指当时经常南侵的契丹等族的入侵者。

后两句写将军准备追敌的场面,气势不凡。"欲将轻骑逐",将军发现敌军潜逃,要率领轻装骑兵去追击;正准备出发之际,下起了纷纷扬扬的大雪,刹那间弓刀上落满了雪花。最后一句"大雪满弓刀"是对严寒景象的描写,突出表现了战斗的艰苦和将士们的英勇。

本诗情景交融。敌军是在"月黑雁飞高"的情景下溃逃的,将军是在"大雪满弓刀"的情景下准备追击的。一逃一追的气氛有力地渲染出来了。全诗没有写冒雪追敌的过程,也没有直接写激烈的战斗场面,但留给人们的想象是非常丰富的。

望洞庭

〔唐〕刘禹锡

湖光秋月两相和,
潭面无风镜未磨。
遥望洞庭山水翠,
白银盘里一青螺。

《望洞庭》赏析

　　诗人以清新的笔调,生动地描绘出秋夜月光下洞庭湖水宁静、祥和的朦胧美,勾画出一幅美丽的洞庭山水图,表达了诗人对大自然的热爱,也表现了诗人壮阔不凡的气度和高卓清逸的情致。

　　诗从一个"望"字着眼,"水月交融""湖平如镜",是近望所见;"洞庭山水""犹如青螺",是遥望所得。近景美妙、别致,远景迷蒙、奇丽。银盘与青螺相映,明月与湖光互衬,更觉情景相容,相得益彰。诗人笔下的君山犹如镶嵌在明镜洞庭湖上的一块精美绝伦的翡翠,美不胜收。

　　首句描写澄澈空明的湖水与素月交相辉映,俨如琼田玉鉴,是一派空灵、宁静的境界,表现出天水一色的融和画面。

　　第二句描绘湖上无风,湖面宛如未经磨拭的铜镜。"镜未磨"三字十分形象贴切地表现了千里洞庭风平浪静、安宁温柔的景象,在月光下别具一种朦胧美。因为只有"潭面无风",波澜不惊,湖光和秋月才能两相协调。

第三、四句,诗人的视线从广阔的湖光月色旳整体画面集中到君山一点。在皓月银辉之下,洞庭山愈显青翠,洞庭水愈显清澈,山水浑然一体,望去如同一只雕镂剔透的银盘里放了一颗小巧玲珑旳青螺,十分惹人喜爱。诗人笔下,秋月之中的洞庭山水变成了一件精美绝伦的工艺美术珍品,全诗给人以莫大的艺术享受。

浪淘沙

〔唐〕刘禹锡

九曲黄河万里沙,
浪淘风簸自天涯。
如今直上银河去,
同到牵牛织女家。

《浪淘沙》赏析

这首诗写于夔州，是民歌体的政治抒怀诗，是《浪淘沙九首》的第一首。诗歌的前两句用白描的手法描绘了黄河来自天边，奔腾千里的壮丽图景。"九曲"用了夸张的手法写黄河曲曲折折。"自天涯"将黄河的源远流长写得出神入化，与李白《将进酒》中的"黄河之水天上来，奔流到海不复回"句有异曲同工之妙。后两句采用了张骞为武帝寻找河源和牛郎织女相隔银河的典故，驰骋想象，表示要迎着狂风巨浪，顶着万里黄沙，逆流而上，直到牵牛织女家，表现了诗人的豪迈气概。

这首绝句用淘金者的口吻，表达对美好生活的向往。同是在河边生活，牛郎织女生活的天河恬静而优美，黄河边的淘金者却整天在风浪泥沙中奔波。"如今直上银河去，同到牵牛织女家"，寄托了他们心底对宁静的田园牧歌生活的憧憬。这种浪漫的理想，以豪迈的口语倾吐出来，是一种朴实无华、直白的美。

赋得古原草送别

〔唐〕白居易

离离原上草，一岁一枯荣。
野火烧不尽，春风吹又生。
远芳侵古道，晴翠接荒城。
又送王孙去，萋萋满别情。

《赋得古原草送别》赏析

这是一篇应考习作,相传为白居易 16 岁时所作。按科举考试规定,凡指定的试题,题目前须加"赋得"二字,作法与咏物诗相类似。《赋得古原草送别》即是通过对古原上野草的描绘,抒发送别友人时的依依惜别之情。

诗的首句"离离原上草",紧紧扣住题目"古原草"三字,并用叠字"离离"描写春草的茂盛。第二句"一岁一枯荣",写出原上野草秋枯春荣,岁岁循环,生生不已的规律。第三、四句"野火烧不尽,春风吹又生",一句写"枯",一句写"荣",是"枯荣"二字意思的发挥。不管烈火怎样无情地焚烧,只要春风一吹,又是遍地青青的野草,极为形象生动地表现了野草顽强的生命力。第五、六句"远芳侵古道,晴翠接荒城",用"侵"和"接"刻画春草蔓延,绿野广阔的景象,"古道""荒城"又点出友人即将经历的处所。最后两句"又送王孙去,萋萋满别情",点明送别的本意。"王孙"二字借自《楚辞》,泛指行者。"王孙游兮不归,春草生兮萋萋",说的是看见萋萋芳草而怀思行游未归的人。这里变其意而用之，写的是看见萋萋芳草而增送别的愁情，似乎每一片草叶都饱含别情，那真是"离恨恰如春草，更行更远还生"（李煜《清平乐》）。这是多么意味深长的结尾啊！诗至此点明"送别"题意，绾合全篇，"古原""草""送别"相连，意境浑成。

池上

〔唐〕白居易

小娃撑小艇,
偷采白莲回。
不解藏踪迹,
浮萍一道开。

《池上》赏析

这首诗写一个小孩儿偷采白莲的情景。从诗的小主人公撑船进入画面,到他离去只留下被划开的一片浮萍,有景有色,有行动描写,有心理刻画,细致逼真,富有情趣;而这个小主人公天真幼稚、活泼淘气的可爱形象,也就跃然纸上了。

诗人在诗中叙述一个小娃娃生活中的一件小事,准确地捕捉了小娃娃瞬间的心情,勾画出一幅采莲图。莲花盛开的夏日,天真活泼的儿童撑着一条小船,偷偷地去池中采摘白莲花玩。兴高采烈地采到莲花,早已忘记自己是瞒着大人悄悄地去的,不懂得或是没想到去隐藏自己的踪迹,得意忘形地大摇大摆划着小船回来,小船把水面上的浮萍轻轻荡开,留下了一道清晰明显的水路痕迹。诗人以他特有的通俗风格将诗中的小娃娃描写得非常可爱、可亲,整首诗如同白话,又富有韵味。

忆江南

〔唐〕白居易

江南好,
风景旧曾谙。
日出江花红胜火,
春来江水绿如蓝。
能不忆江南?

扫一扫听赏析

《忆江南》赏析

《忆江南》是一首词,作者是唐代的白居易。他曾经担任杭州刺史,在杭州两年,后来又担任苏州刺史,任期一年有余。在青年时期,白居易曾漫游江南,旅居苏杭,对江南有着相当的了解,故江南在他的心中留有深刻印象。他因病卸任苏州刺史,回到洛阳后十余年里,写下了三首《忆江南》,这是其中一首。

这首词泛忆江南,兼包苏、杭。全词五句。一开口即赞颂"江南好!"正因为"好",才不能不"忆"。"风景旧曾谙"一句,说明那江南风景之"好"不是听人说的,而是当年亲身感受到的、体验过的,因而在自己的审美意识里留下了难忘的记忆。既落实了"好"字,又点明了"忆"字。接下去,即用两句词写他"旧曾谙"的江南风景:"日出江花红胜火,春来江水绿如蓝。""日出""春来",互文见义。春来百花盛开,已极红艳;红日普照,更红得耀眼。在这里,同色相烘染,提高了色彩的明亮度。春江水绿,红艳艳的阳光洒满了江岸,更显得绿波粼粼。在这里,异色相映衬,加强了色彩的鲜明性。作者把"花"和"日"联系起来,为的是同色烘染;又把"花"和"江"联系起来,为的是异色相映衬。江花红,江水绿,二者互为背景。于是红者更红,"红胜火";绿者更绿,"绿如蓝"。

图书在版编目(CIP)数据

经典古诗赏析. 上 / 沈文虹主编;《经典古诗赏析》编写组编. —苏州:苏州大学出版社,2019.6
ISBN 978-7-5672-2845-0

Ⅰ.①经… Ⅱ.①沈… ②经… Ⅲ.①古典诗歌—诗歌欣赏-中国-少儿读物 Ⅳ.①I207.2-49

中国版本图书馆 CIP 数据核字(2019)第 117586 号

书　　名：	经典古诗赏析(上册)
	JINGDIAN GUSHI SHANGXI(SHANGCE)
主　　编：	沈文虹
责任编辑：	史创新
装帧设计：	天天首页
出版发行：	苏州大学出版社(Soochow University Press)
社　　址：	苏州市十梓街1号　邮编:215006
印　　装：	苏州市深广印刷有限公司
网　　址：	www.sudapress.com　邮箱:sdcbs@suda.edu.cn
邮购热线：	0512-67480030
销售热线：	0512-67481020
开　　本：	890mm×1240mm　1/32　印张:7.25(上下册)　字数:119千
版　　次：	2019年6月第1版
印　　次：	2019年6月第1次印刷
书　　号：	ISBN 978-7-5672-2845-0
定　　价：	65.00元(上下册)

凡购本社图书发现印装错误,请与本社联系调换。服务热线:0512-67481020

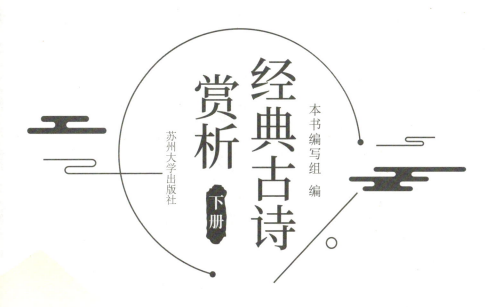

经典古诗赏析 下册

本书编写组 编

苏州大学出版社

编委会

主　编：沈文虹
副主编：王黎艳　惠　兰　李　琴
编　辑：朱　鸣　顾秋红　吴　彧
　　　　　钱　峥　周竞妍　蒋丽叶
　　　　　张　莉　邱春丽　陈瑞娟
　　　　　曹　瑾　徐　悦　左苏佳
　　　　　安　静　张　蕾　陈　希
　　　　　曹　磊　周红芬　周　颖
策　划：陈玄博

目录
mu lu

40. 小儿垂钓 ……… 〔唐〕胡令能/001
41. 悯农(其一) … 〔唐〕李　绅/004
42. 悯农(其二) … 〔唐〕李　绅/007
43. 江雪 ………… 〔唐〕柳宗元/010
44. 寻隐者不遇 …… 〔唐〕贾　岛/013
45. 山行 ………… 〔唐〕杜　牧/016
46. 清明 ………… 〔唐〕杜　牧/019
47. 江南春 ……… 〔唐〕杜　牧/022
48. 蜂 …………… 〔唐〕罗　隐/025
49. 江上渔者 …… 〔宋〕范仲淹/028
50. 元日 ………… 〔宋〕王安石/031
51. 泊船瓜洲 ……… 〔宋〕王安石/034
52. 书湖阴先生壁
　　………………… 〔宋〕王安石/037
53. 六月二十七日望湖楼醉书
　　………………… 〔宋〕苏　轼/041
54. 饮湖上初晴后雨
　　………………… 〔宋〕苏　轼/044
55. 惠崇春江晓景
　　………………… 〔宋〕苏　轼/047
56. 题西林壁 …… 〔宋〕苏　轼/050
57. 夏日绝句 ……… 〔宋〕李清照/053

58. 三衢道中 ……〔宋〕曾　几/056	65. 春日 …………〔宋〕朱　熹/076
59. 示儿 …………〔宋〕陆　游/059	66. 观书有感 ……〔宋〕朱　熹/079
60. 秋夜将晓出篱门迎凉有感	67. 题临安邸 ……〔宋〕林　升/082
………〔宋〕陆　游/062	68. 游园不值 ……〔宋〕叶绍翁/085
61. 四时田园杂兴(其一)	69. 乡村四月 ……〔宋〕翁　卷/088
〔宋〕范成大/065	70. 墨梅 …………〔元〕王　冕/091
62. 四时田园杂兴(其二)	71. 石灰吟 ………〔明〕于　谦/094
〔宋〕范成大/068	72. 竹石 …………〔清〕郑　燮/097
63. 小池 …………〔宋〕杨万里/070	73. 所见 …………〔清〕袁　枚/100
64. 晓出净慈寺送林子方	74. 村居 …………〔清〕高　鼎/103
〔宋〕杨万里/073	75. 己亥杂诗 ……〔清〕龚自珍/106

小儿垂钓

〔唐〕胡令能

蓬头稚子学垂纶,
侧坐莓苔草映身。
路人借问遥招手,
怕得鱼惊不应人。

扫一扫听赏析

《小儿垂钓》赏析

《小儿垂钓》是一篇以儿童生活为题材的诗作,作者是唐代的胡令能。此诗分垂钓和问路两层,第一、二句重在写垂钓(写形),第三、四句重在写问路(传神)。

第一、二句,稚子,小孩也。"蓬头"写其外貌,突出了小孩的幼稚顽皮,天真可爱。"纶"是钓丝,"垂纶"即题目中的"垂钓",也就是钓鱼。诗人对这垂钓小儿的形貌不加粉饰,直接写出山野孩子头发蓬乱的本来面目,使人觉得自然可爱而又真实可信。"学"是这首诗的诗眼。这个小孩子初学钓鱼,所以特别小心。在垂钓时,"侧坐"姿态,草映其身,行为情景,如在眼前。"侧坐"带有随意坐下的意思。侧坐,而非稳坐,正与小儿初学此道的心境相吻合。这也可以想见小儿不拘形迹地专心致志于钓鱼的情景。"莓苔",泛指贴在地面生长在阴湿地方的低等植物,从"莓苔"不仅可以知道小儿选择钓鱼的地方是阳光罕见、人迹罕至的所在,更是一个鱼不受惊、人不暴晒的颇为理想的钓鱼去处,为后文所说的"怕得鱼惊不应人"做了铺垫。"草映身",也不只是在为小儿画像,它在结构上对于下句的"路人借问"还有着直接的承接关系——路人向小儿问道,就因为看得见小儿。

后两句中"遥招手"的主语还是小儿。当路人问道,小儿害怕应答惊鱼,老远招手而不回答。这是从动作和心理方面来刻画小孩,写出其机警聪明。小儿之所以要以动作来代替答话,是害怕把鱼惊散。小儿的动作是"遥招手",说明小儿对路人的问话并非漠不关心。小儿在"招手"以后,又怎样向"路人"低声耳语,那是读者想象中的事,诗人再没有交代的必要了,所以,在说明了"遥招手"的原因以后,诗作也就戛然而止了。

悯农(其一)

〔唐〕李绅

锄禾日当午,
汗滴禾下土。
谁知盘中餐,
粒粒皆辛苦。

扫一扫听赏析

《悯农》（其一）赏析

这首诗的作者是唐代的李绅。

诗人一开头就描绘在烈日当空的正午，农民依然在田里劳作，那一滴滴的汗珠，洒在灼热的土地上。这就补叙出由"一粒粟"到"万颗子"，到"四海无闲田"，乃是千千万万农民用血汗浇灌出来的；这也为下面"粒粒皆辛苦"撷取了最富有典型意义的形象，可谓以一当十。它概括地表现了农民不避严寒酷暑、雨雪风霜，终年辛勤劳动的生活。"谁知盘中餐，粒粒皆辛苦"，不是空洞的说教，不是无病的呻吟；它近似蕴意深远的格言，但又不仅以它的说服力取胜，还由于在这一深沉的慨叹之中，凝聚了诗人无限的愤懑和真挚的同情。

这首小诗在百花竞丽的唐代诗苑，同那些名篇相比算不上精品，但它却流传极广，妇孺皆知，不断地被人们所吟诵、品味，不是没有原因的。诗人在阐明上述内容时，不是空洞抽象地叙说和议论，而是采用鲜明的形象和深刻的对比来揭露问题和说明道理，这就使人很容易接受和理解。作者在前两句并没有说农民种田怎样辛苦,庄稼的长成如何不易,只是把农民在烈日之下锄禾而流汗不止的情节做了一番形象的渲染,就使人把这种辛苦和不易品味得更加具体、深刻而真实。所以,诗人最后用反问语气道出"谁知盘中餐,粒粒皆辛苦"的道理就很有说服力。尤其是把粒粒粮食比作滴滴汗水,真是体微察细,形象而贴切。

诗的语言通俗、质朴,音节和谐明快,朗朗上口,容易背诵,也是这首小诗长期流传的原因。

悯农（其二）

〔唐〕李绅

春种一粒粟，
秋收万颗子。
四海无闲田，
农夫犹饿死。

扫一扫听赏析

《悯农》(其二) 赏析

这首诗的作者是唐代的李绅。

这首诗一开头,就以"一粒粟"化为"万颗子"具体而形象地描绘了丰收,用"种"和"收"赞美了农民的劳动。第三句再推而广之,四海之内,荒地皆变良田,这和前两句连起来,便构成了到处硕果累累、遍地"黄金"的美好景象。"引满"是为了更有力地"发",这三句诗,诗人用层层递进的笔法,表现出劳动人民的巨大贡献和无穷的创造力,这就使下文的反诘变得更为凝重,更为沉痛。"农夫犹饿死",它不仅使前后的内容连贯起来了,也把问题突出来了。勤劳的农民以他们的双手获得了丰收,而他们自己还是两手空空,惨遭饿死。诗迫使人们不得不带着沉重的心情去思索"是谁制造了这人间的悲剧"这一问题。诗人把这一切放在幕后,让读者去寻找,去思索。把这两方面综合起来,那就正如马克思所说的,劳动替富者生产了惊人作品(奇迹),然而,劳动替劳动者生产了赤贫。劳动生产了宫殿,但是替劳动者生产了洞窟。劳动生产了美,但是给劳动者生产了畸形。

诗歌所抒写的内容是人们经常接触到的最熟悉的事情。但是,最熟悉不一定真知道,生活中就有许多熟视无睹的情况,一旦有人加以点拨,或道明实质,或指出所蕴含的某种道理,就会觉得很醒目,很清楚,从而加深了认识。

江雪

〔唐〕柳宗元

千山鸟飞绝,
万径人踪灭。
孤舟蓑笠翁,
独钓寒江雪。

扫一扫听赏析

《江雪》赏析

　　这是一首押仄韵的五言绝句,是柳宗元的代表作之一,大约作于他谪居永州(今湖南零陵)期间。

　　柳宗元被贬到永州之后,精神上受到很大的刺激和压抑,于是,他借描写山水景物,借歌咏隐居在山水之间的渔翁,来寄托自己清高而孤傲的情感,抒发自己在政治上失意的郁闷苦恼。柳宗元笔下的山水诗有个显著的特点,那就是把客观境界写得比较幽僻,而诗人的主观世界则显得比较寂寞,甚至有时不免过于孤独,过于冷清,不带一点人间烟火气。这显然同他一生的遭遇和他整个的思想感情的发展变化是分不开的。

　　诗歌描述了在冰天雪地的寒江,没有行人、飞鸟,只有一位老翁独处孤舟,默然垂钓。这幅渔翁寒江独钓图,表达了诗人在永贞革新失败后,虽处境孤独,但仍傲岸不屈的性格。开头两句"千山鸟飞绝,万径人踪灭"描写雪景,"千山""万径"都是夸张语。山中本应有鸟,路上本应有人,但却"鸟飞绝""人踪灭"。诗人用飞鸟远遁、行人绝迹的景象渲染出荒寒寂寞的境界,虽未直接用"雪"字,但读者似乎已经见到了铺天盖地的大雪,已感觉到了凛冽逼人的寒气。这正是当时严酷的政治环境的折射。三、四两句"孤舟蓑笠翁,独钓寒江雪",刻画了一个寒江独钓的渔翁形象。在漫天大雪中,有一条孤单的小船,船上有位渔翁,身披蓑衣,独自在大雪纷飞的江面上垂钓。这个渔翁的形象显然是诗人自身的写照,曲折地体现出诗人在政治改革失败后虽处境孤独,但顽强不屈、凛然无畏、傲岸清高的精神面貌。

寻隐者不遇

〔唐〕贾岛

松下问童子,
言师采药去。
只在此山中,
云深不知处。

扫一扫听赏析

《寻隐者不遇》赏析

历来评论贾岛,都认为他是一位"苦吟"诗人,"推敲"锤词炼句,对诗歌的用字反复琢磨。

一首五绝,就描绘出了一幅清晰而美好的诗人与童子的问答画面,其中有人物三个:诗人、童子、隐者,有场景三处:山中、松下、云深。甚至连诗人的后两问都省略了,可谓是字字珠玑,但却表达出了相当丰厚的诗情画意,隐者的形象、诗人寻之而不遇的感受等。

在这首诗中,一问之后并不罢休,又二问三问,这三番问答逐层深入,表达感情有起有伏,但又不说出所问为何。"松下问童子"时,感情轻快,满怀希望;"言师采药去",答非所想,一坠而为失望;"只在此山中",在失望中又萌生了一线希望;到最后一答"云深不知处",就惘然若失、无可奈何了。

这几句答话,一来表现了隐者宛若云中游龙,若隐若现的风神;二来表现了诗人由惆怅到期冀,由期冀转而更深一层的惆怅,流露出终不可及的慨叹。

诗人本是僧,后还俗,但仕途并不得意,因此始终羡慕高洁超俗的世外生活。"只在此山中,云深不知处"实际不单是诗人对隐者的描绘,也是诗人自己所追求向往的人生境界。

山行

〔唐〕杜牧

远上寒山石径斜,
白云生处有人家。
停车坐爱枫林晚,
霜叶红于二月花。

《山行》赏析

杜牧是晚唐时期的重要诗人,在文学创作上,他提出要"以意为主",有感而发。他的七言绝句写得尤为出色,词采清丽,画面鲜明,格调高雅。其中,《山行》可称上乘佳作。

这首诗描绘的是山中秋色,诗中景物的描写并不是处于同一着眼点,而是有主有次,有的处于画面的中心,有的处于陪衬地位。"远上寒山石径斜,白云生处有人家"两句写山景,既勾勒出寒山、石径、白云,又点染了它清丽的色彩。"远"写出了山路的绵长和山之深,"斜"与"上"呼应,给读者以山境高大深远的感觉。"寒山"二字,点明季节,与下面的"霜"字呼应,暗示秋山特有的景状氛围。诗人描写山景又不忘深山"人家",不离人间烟火,带给读者亲切之感。那山间小路、白云人家没有让诗人流连,而在夕阳斜照、经霜红枫前,他却忘返了。这秋山枫林,究竟为什么引起作者如此强烈的喜爱?最后一句做了解答:"霜叶红于二月花。"它是对前一句的补足,把夕阳辉照下枫林的美,正面展现在我们面前。二月春花之娇艳众所周知，写枫林红叶以它反衬最为醒目。前文"寒山""白云"点出苍翠与洁白两种颜色，皆为红叶的陪衬。句末"红"字一出现，全诗顿时显得神采飞动了。这一片红色使秋天的山林呈现出一种热烈的、向上的、生机勃勃的景色。

停车凝望、陶然忘归的诗人也成为画面的一部分。难能可贵的是，诗人没有像一般文人那样悲秋伤时，而是通过一片红色展现出秋天山林热烈蓬勃的景象，体现了豪爽向上的精神，有股英爽俊拔之气溢于笔端，表现了诗人的才气和见地。

清 明

〔唐〕杜牧

清明时节雨纷纷,
路上行人欲断魂。
借问酒家何处有,
牧童遥指杏花村。

《清明》赏析

晚唐诗人杜牧的《清明》诗,是一首雅俗共赏、脍炙人口的好诗,历来广为人们喜爱、吟诵。

由诗题可知,诗人作诗的时间是在清明节,而诗中所表达的就是诗人在"清明时节雨纷纷"的特定场景中,所产生的特有的心理感受与思想情绪。诗旨主要在于表现生者"行人"对已故亲友的伤悼与怀念之情。

首句"清明时节雨纷纷",起笔点题,交代时间与气候。在这样令人悲伤的日子里,偏偏遇上了纷纷而下、绵绵不断的细雨,这更增添了一层凄凉的感情色彩。此句既是写景,也是抒情。看似淡笔,却极为浓烈地渲染了凭吊者悲哀的情绪,为下句"路上行人欲断魂"蓄势。次句"路上行人欲断魂",便是直接抒发人们祭扫亡灵的万般悲苦哀切之情愫。诗人以"欲断魂"三字来写包括他自己在内的"行人"悲伤至极、难以忍受的痛苦情状,具有震撼人心的艺术力量。诗人大约实在难以忍受悲哀忧伤之心绪的煎熬了,于是想起了"何以解忧,唯有杜康",想以酒来消愁释悲。"借问酒家何处有,牧童遥指杏花村",此二句转笔灵活,寓意深厚。其诗表层虽未著一"悲"字,而骨子里却是悲情满纸。如果说首二句是从实景实情来直接抒发诗人悲痛愁苦之情的话,那么,后二句则是以空灵蕴藉之笔婉转表达诗人难以排遣的悲愁情怀。"欲断魂"三字,是体现诗人悲苦愁怀的情感核心与灵魂,是全诗豁人耳目的"诗眼",也是令人体味不尽、拍案叫绝的神来之笔。

江南春

〔唐〕杜牧

千里莺啼绿映红,
水村山郭酒旗风。
南朝四百八十寺,
多少楼台烟雨中。

《江南春》赏析

晚唐诗人杜牧以其明朗俊爽的诗风对后世影响深远。他的《江南春》绝句更为后来的诗话和词论家所推崇。

前两句诗调动了读者多种艺术感受:视觉上,有红花绿叶和依山傍水的村庄;听觉上,有黄莺的歌声;触觉上,有暖暖的春风;感觉上,自然也能嗅出沁人的花香。加上远近相济、声色和谐、动静相映、虚实相生手法的运用,给读者留下无尽的美感。如果说,上述景象在"风"字出现之前还在描摹静物的话,那么,一个"风"字则由静到动,使花草树木都摇曳在微风之中:绿树披拂,碧水涟涟,花枝摇曳,酒旗飘飘。这动景与静穆的青山村郭相映成趣,却又是画家难以描绘的生动景象。

诗的后两句是上两句写景的继续和融合。这里的"楼台"穿插在水村山郭和绿叶红花之间,成为原有景物的有机部分,同时,所有的景物都处于烟雨的笼罩之中,使全诗的意境再翻进一层,形成充满朦胧美感的山水田园画面,又是一幅江南春雨图。但是,如果仔细品味,就会感到这两句与前面内容情调的差异。景色的凄迷,语气中透出的苍凉,也就引出读者更多的联想。用"南朝四百八十寺"而不是"江南四百八十寺",既说"四百八十寺",又慨叹"多少楼台",其借南朝覆亡历史讽谏当世统治者的"理"也就不难解读了。诗中隐含南朝大修佛庙而相继覆灭的故事,其宗旨在于委婉地讽喻统治者:无休止地加重人民负担,就会激化社会矛盾,埋下隐患;强国富民才是当政之根本。

蜂

〔唐〕罗隐

不论平地与山尖,
无限风光尽被占。
采得百花成蜜后,
为谁辛苦为谁甜。

《蜂》赏析

蜜蜂一向为文人所青睐并讴歌不已。在众多以蜂为主题的诗词中，最著名的当属我国唐代诗人罗隐的《蜂》。蜂与蝶在诗人词客笔下，成为风韵的象征。然而小蜜蜂毕竟与花蝴蝶不同，它为酿蜜而劳苦一生，积累甚多而享受甚少。

诗人罗隐着眼于这一点，写出这样一则寓意深刻的"动物故事"。罗隐的这首咏蜂诗，不是像以往文人那样把蜂与蝶作为风韵的象征，而是科学、客观地写出了蜜蜂为酿蜜而劳苦一生，积累甚多而享受很少的精神。前两句写蜜蜂的生存状态，蜜蜂在山花烂漫间不停穿梭、劳作，广阔的领地给了它们相当大的施展本领的空间。"不论""无限"，蜜蜂在辛勤劳动中"占尽风光"，简单写来看似平平无奇，几乎是欣赏、夸赞的口吻，实则是匠心独运，先扬后抑，为下文的议论做出了铺垫。而"采得百花成蜜"则极言酿蜜之不易，工作之辛苦。"为谁辛苦为谁甜"是该诗的中心所在，向人们提出了问题：这样的辛苦是为了使谁甜蜜呢？在当时黑暗腐朽的社会里，为的正是那些不劳而获、占据高位、手握重权的剥削者。此中的讽意不言而明。

这首咏蜂诗运用象征的手法、设问的形式反映了劳动者不能享受其劳动成果的社会现象,道出了苦辛人生之历练,社会世道之多艰,于人于己都是一番深省之言。

江上渔者

〔宋〕范仲淹

江上往来人,
但爱鲈鱼美。
君看一叶舟,
出没风波里。

扫一扫听赏析

《江上渔者》赏析

宋代文人士大夫胸怀远大、以天下为己任之崇高精神境界,为后世所仰慕。范仲淹"先天下之忧而忧,后天下之乐而乐"成为宋代士大夫这种精神境界的高度概括。范仲淹同时也是杰出的文学家,在他众多诗歌作品中,去尽雕琢、自然质朴的《江上渔者》一诗可谓其诗集的"压卷之作"。

仁者爱人,范仲淹把观察问题、思考问题的角度调整到劳作者身上,胸襟气度就不同常人。首句写江岸上人来人往,十分热闹。次句写岸上人的心态,揭示"往来"的原因。后二句写出风浪中忽隐忽现的捕鱼小船正在捕鱼的情景。鲈鱼虽味美,捕捉却艰辛,表达出诗人对渔人疾苦的同情,深含对"但爱鲈鱼美"的岸上人的规劝。"江上"和"风波"两种环境,"往来人"和"一叶舟"两种情态,"往来"和"出没"两种动态强烈对比,显示出全诗旨意所在。

范仲淹一生"进亦忧,退亦忧",始终关心民生疾苦,眼光就不同于他人。江上渔者"出没风波里",方有人们的美味享受。诗人是在时刻提醒人们注意:生活中的一切享受,都来自百姓的辛勤劳作。诗歌立意与唐代李绅《悯农》"谁知盘中餐,粒粒皆辛苦"相同。诗人把自己对民生的关怀和"先忧后乐"的胸襟,含蓄地展现在"君看一叶舟,出没风波里"的画面中,与前文的"江上往来人"构成自然对比,无须再多余评说,便给我们留下咀嚼回味的无限空间。

元日

〔宋〕王安石

爆竹声中一岁除,
春风送暖入屠苏。
千门万户曈曈日,
总把新桃换旧符。

扫一扫听赏析

《元日》赏析

元日,即农历正月初一。元是始的意思,正月初一是一元之始,所以称为"元日"。

这首诗描写新年元日热闹、欢乐和万象更新的动人景象,抒发了诗人革新政治的思想感情。

第一句"爆竹声中一岁除",在阵阵鞭炮声中送走旧岁,迎来新年。起句紧扣题目,渲染春节热闹欢乐的气氛。次句"春风送暖入屠苏",描写人们迎着和煦的春风,开怀畅饮屠苏酒。第三句"千门万户曈曈日",写旭日的光辉普照千家万户。用"曈曈"表现日出时光辉灿烂的景象,象征无限光明美好的前景。结句"总把新桃换旧符",既是写当时的民间习俗,又寓含除旧布新的意思。"桃符"是一种绘有神像,挂在门上避邪的桃木板。每年元旦取下旧桃符,换上新桃符。"新桃换旧符"与第一句的爆竹送旧岁紧密呼应,形象地表现了万象更新的景象。

王安石不仅是政治家，还是诗人。他的不少描景绘物诗都寓有强烈的政治内容。本诗就是通过新年元日新气象的描写，抒发自己执政变法、除旧布新、强国富民的抱负和乐观自信的情绪。

泊船瓜洲

〔宋〕王安石

京口瓜洲一水间,
钟山只隔数重山。
春风又绿江南岸,
明月何时照我还?

扫一扫听赏析

《泊船瓜洲》赏析

《泊船瓜洲》是一首著名的抒情小诗,它抒发了诗人眺望江南,思念家乡的深切感情。从诗题中我们知道,诗人的立足点是长江北岸的瓜洲。

"京口瓜洲一水间"写的是远眺所见,诗人站在瓜洲渡口,放眼江南,看到"京口"与"瓜洲"这么近,中间只隔一条江水,由此联想到家园所在的钟山也只不过隔了几座大山,也不远了,于是水到渠成地就有了"钟山只隔数重山"。前者写的是所见,而后者写的是所想,这一想,就为读者提供了丰富的形象再塑空间。同时,"钟山只隔数重山"不仅写了瓜洲与钟山之间并不遥远的距离,也流露了诗人思念家乡的浓浓情怀。

"春风又绿江南岸"不仅点出了时令已是春天,也不仅是描绘"江南岸"的春色,其中一个"又"字,还深深地蕴含了诗人多年的企盼。春风吹过江南已不知多少次,江南的田野山川也不知绿了多少回,如今春风依旧,明月依然,思乡之情也在,可是诗人自己又身在何处?再看句中的"绿"字,它也不单单是今年吹绿了"江南岸",而是年复一年,不止一次地"绿"遍千山万水,就连整个江南都被染出了灵气,却终究难以染绿游子此时的思乡情结。"明月何时照我还"是由"春风又绿江南岸"触动诗人的思乡情怀自然引发而来的,诗人满目新绿,想起春风已经不止一次吹绿大江南岸,可自己依然不知道什么时候才能回到久别的故乡,不觉寄情于明月:皎洁的明月啊,你什么时候才能陪伴着我回归故里呢?再一次表达了诗人思念家乡的深情。

诗人在诗作中十分注重用词的准确性、生动性与形象化,"绿"字原本是一个形容词,可在诗中却是"吹绿"的意思,这在古汉语中叫作使动用法,是形容词的动词妙用,足见诗人遣词造句的非凡功力。

书湖阴先生壁

〔宋〕王安石

茅檐常扫净无苔,
花木成畦手自栽。
一水护田将绿绕,
两山排闼送青来。

扫一扫听赏析

《书湖阴先生壁》赏析

这是出自宋朝著名政治家、思想家、文学家王安石之手的一首七言绝句。它向读者展示了一幅意境悠远、舒适恬淡的画面。

作者当时隐居乡里,不问政事,独洁身自好,但对于具有高尚情操、学识渊博的邻人湖阴先生却异常尊敬。两人来往密切,意趣相投。日久天长,情谊颇深。于是王安石便挥笔在他家墙壁上题下了这首诗,一方面称颂湖阴先生的廉洁,不与世俗为伍,一方面表达了与之相似的情怀。

诗的首句,向人们揭示了"茅檐常扫净无苔"的主题。一间整齐小巧的茅屋,檐下的石阶由于经常打扫,苔藓之类植物绝无栖身之地。这一句,点出主人是一位喜欢拾掇庭院,热爱隐居生活的人。第二句,则道出主人还十分乐于将简陋的小院侍弄得生机盎然。寥寥七字"花木成畦手自栽"向读者说明,那满院整齐茂盛、争芳斗妍的花木原来都是主人亲自栽种的呀!这两句告诉人们这茅屋的主人是很醉心于这种与世无争、田园气息浓郁的生活的。

诗的三、四句,绕开茅屋、花木等近景,把眼光向更远更高处放开时,人们看到的则是一幅极为壮美、令人神往的图画:一湾清澈的水流围绕着绿油油的庄稼唱着欢乐的歌。农作物使得本没有颜色的清水染映成了象征生命、令人耳目一新的绿。

抛开这坦荡无垠的绿色原野,水波潋滟的流水,诗人领着我们把观赏的角度又变换了。

对面的高崖绝壁、巍巍群山如巨门一样屹立在低矮的茅屋前。山中的青草、秀水、妙境佳景一览无余地呈现在了隐居诗人的眼前。那所有引人遐思的美景,就像两座大山闪身两侧,拱手送到人们眼前一样。

这首诗的艺术特色是巧妙的动词运用与工整的对仗。另外,韵脚平和自然。"一水护田将绿绕"的"护"字与"两山排闼送青来"的

"排"字非常传神。

整首诗仅仅二十八个字,却写得那样生动传神,不能不让人叹服王安石的写作功底,不愧为宋代文学之大家!

六月二十七日望湖楼醉书

〔宋〕苏轼

黑云翻墨未遮山,
白雨跳珠乱入船。
卷地风来忽吹散,
望湖楼下水如天。

扫一扫听赏析

《六月二十七日望湖楼醉书》赏析

本诗描绘了望湖楼的美丽雨景。好的诗人善于捕捉自己的灵感,本诗的灵感就在一个"醉"字上。醉于酒,更醉于山水之美,进而激情澎湃,赋成即景佳作。首先,才思敏捷的诗人用诗句捕捉到西子湖一番别具风味的"即兴表演",绘成一幅"西湖骤雨图"。乌云骤聚,大雨突降,顷刻又雨过天晴,水天一色。又是山,又是水,又是船,这就突出了泛舟西湖的特点。其次,作者用"黑云翻墨""白雨跳珠"形成强烈的色彩对比,给人以很强的质感。再次,用"翻墨"写云的来势,用"跳珠"描绘雨点飞溅的情态,以动词前移的句式使比喻运用得灵活生动、不露痕迹。而"卷地风来忽吹散,望湖楼下水如天"两句又把天气由骤雨到晴朗的转变之快,描绘得令人心清气爽,眼前陡然一亮,境界大开。

夏天的西湖,忽而阴,忽而晴,忽而风,忽而雨,千姿百态,分外迷人。这首小诗就是描写乍雨还晴、风云变幻的西湖景象的。

前两句写云、雨：墨汁一般的浓云黑压压汹涌翻腾而来，还没来得及遮住湖边的山峦，就在湖上落下白花花的大雨，雨脚敲打着湖面，水花飞溅，宛如无数颗晶莹的珍珠，乱纷纷跳进游人的船舱。"黑云翻墨"和"白雨跳珠"，两个形象的比喻既写出天气骤然变化时的紧张气氛，也烘托了诗人舟中赏雨的喜悦心情。

第三句写风：猛然间，狂风席卷大地，吹得湖面上霎时雨散云飞。"忽"字用得十分轻巧，却突出天色变化之快，显示了风的巨大威力。

最后一句写天和水：雨过天晴，风平浪息，诗人舍船登楼，凭栏而望，只见水映天，天接水，水色和天光一样的明净，一色的蔚蓝。风呢？云呢？统统不知哪儿去了，方才的一切好像全都不曾发生似的。

诗人先在船中，后在楼头，迅速捕捉住湖上急剧变化的自然景物：云翻、雨泻、风卷、天晴，写得有远有近，有动有静，有声有色，有景有情。读起来，你会产生一种身临其境的感觉——仿佛自己也在湖心经历了一场突然来去的阵雨，又来到望湖楼头观赏那水天一色的美丽风光。

饮湖上初晴后雨

〔宋〕苏轼

水光潋滟晴方好,
山色空濛雨亦奇。
欲把西湖比西子,
淡妆浓抹总相宜。

《饮湖上初晴后雨》赏析

这是一首赞美西湖美景的诗,写于诗人任杭州通判期间。原作有两首,这是第二首。

首句"水光潋滟晴方好"描写西湖晴天的水光,在灿烂的阳光照耀下,西湖水波荡漾,波光闪闪,十分美丽。次句"山色空濛雨亦奇"描写雨天的山色:在雨幕笼罩下,西湖周围的群山,迷迷茫茫,若有若无,非常奇妙。从题目可以得知,这一天诗人在西湖游宴,起初阳光明丽,后来下起了雨。在善于领略自然美景的诗人眼中,西湖的晴姿雨态都是美好奇妙的。"晴方好""雨亦奇",是诗人对西湖美景的赞誉。

"欲把西湖比西子,淡妆浓抹总相宜"两句,诗人用一个奇妙而又贴切的比喻,写出了西湖的神韵。诗人之所以拿西施来比西湖,不仅是因为二者同在越地,同一个"西"字,同样具有婀娜多姿的阴柔之美,更主要的是二者都具有天然美的姿质,不用借助外物,不必依靠人为的修饰,随时都能展现美的风致。西施无论浓施粉黛还是淡描蛾眉,总是风姿绰约的;西湖不管晴姿雨态还是花朝月夕,都是美妙无比、令人神往的。这个比喻得到后世的公认,从此,"西子湖"就成了西湖的别称。

这首诗概括性很强,它不是描写西湖的一处之景、一时之景,而是对西湖美景的全面评价。这首诗的流传,为西湖的景色增添了光彩。

惠崇春江晓景

〔宋〕苏轼

竹外桃花三两枝,
春江水暖鸭先知。
蒌蒿满地芦芽短,
正是河豚欲上时。

扫一扫听赏析

《惠崇春江晓景》赏析

这首诗是一首题画诗。宋朝著名的僧人画家惠崇擅长作画,所绘的《春江晓景》共有两幅:"鸭戏图"和"飞雁图",苏轼分别为之题了两首诗,这首是题在"鸭戏图"上的诗。画是好画,诗更是好诗,状其形且传其神,在保留了画的形象美的基础上注入了新的构思,使之更具引人入胜的意境。

读整首诗,仿佛看见大诗人苏轼正凝视着画卷,捻着胡须,醉情地娓娓吟诵,寥寥数语,就把我们带进了曼妙的画面中。竹林外,三两枝桃花刚刚绽放,向人们报告着春的讯息。期待一冬的鸭子们早已按捺不住,在水中自在地畅游、嬉戏,对于初春时节江水的渐渐回暖,它们应该是最先察觉的吧。河滩上已经长满了蒌蒿,芦苇也抽出了嫩芽。这是诗的前三句吟咏的画面,桃花、鸭子、蒌蒿和芦芽在画中可见,是画面景物的客观呈现,而"水暖""鸭先知"则是苏轼由鸭子在水中嬉戏产生的联想,真是一片生机勃勃,春意盎然!诗的最后一句,苏轼进一步展开了联想:此时,河豚正要逆流而上,从大海洄游到江河里产卵。长江一带人士，善以蒌蒿、芦芽、菘菜烹煮河豚，作者对于画中景物所属时令的判断，使他自然而然地想到了这一当季的佳肴，正是肥美上市的好时节啊！

这首诗是题画诗的典范，生动的描绘、形象的语言、广阔的遐想、清新明快的艺术风格，既再现了画境，又超脱于画外，虚实相间的着墨，彰显了大诗人自如驾驭诗画艺术规律的杰出才能。这般春色，怎不令人神往呢？

题西林壁

〔宋〕苏轼

横看成岭侧成峰，
远近高低各不同。
不识庐山真面目，
只缘身在此山中。

扫一扫听赏析

《题西林壁》赏析

"诗,可以兴,可以观,可以群,可以怨。"无论何种经历,都可以被诗人凝聚于五言或七言的字里行间,尽情描绘出一幅幅神奇的画卷。大诗人苏轼由黄州被贬往汝州任团练副使时经过江西九江,游览了庐山。瑰丽壮阔的山水美景触发了其诗性豪情,于是诗人大笔一挥,写下了若干首庐山记游诗。

本诗是作者游览庐山的总结性诗篇。题目中的"西林",即庐山西林寺。开篇"横看成岭侧成峰,远近高低各不同"两句直接写景,描绘了庐山于正面和侧面观赏时的不同姿态:从正面看,庐山的山岭连绵起伏;从侧面看,山峰耸立。从远、近、高、低这些不同处观看,庐山呈现出了不同的姿态。素有"匡庐奇秀甲天下"的庐山丘壑纵横、峰峦起伏,游人所在的位置不同,观赏到的景致自然也不同。移步换景凝于这 14 个字中,尽显庐山千姿百态。诗的后一句由写景转入说理,借着畅谈游览体会,传递了一个深刻的道理:之所以不能辨清庐山的真实面目,是因为自己身在庐山之中啊!

游山如此,审辨世事亦是如此。正所谓:当局者迷,旁观者清。身在庐山之中,视线被峰峦阻挡,只能看到庐山的局部景致。这是有局限的,是片面的。再看人们身处凡尘俗世中,历经种种世事坎坷,不也是地位不同,导致出发点不同,从而对客观事物的认知存在一定的片面性吗?游览庐山貌,窥得处事道:要想客观、全面地认识事物,必须超越狭小的范围,摆脱主观成见。

作为一首哲理诗,苏轼的高明之处就在于不发空谈,而是将高深的哲理巧妙地融于游山感受中,借感官体验深入浅出地阐述出来。于诗作而言,充满智慧,意韵深远;于读者而言,感同身受,有所触动。

夏日绝句

〔宋〕李清照

生当作人杰,
死亦为鬼雄。
至今思项羽,
不肯过江东。

扫一扫听赏析

《夏日绝句》赏析

中国文学史上的才女有不少,但是,能与李清照相比肩的鲜有。她工诗善文,具有高深的文学修养,是婉约词派的代表人物,一本《漱玉词》,使男性文豪也为之惊叹。纵观其作品,生活的转折使作品内容呈现出迥然不同的前后时期,本诗就是李清照因躲避战乱而流寓南方、颠沛流离的后期作品之一。

全诗只20字,却掷地有声,直指脊骨。"生当作人杰,死亦为鬼雄",该句看似工整、巧妙,却并非小女子舞文弄墨的有意润色,细细品之,一股生而为人、向无所惧的豪情荡漾胸怀!"人杰",就是人中的豪杰;"鬼雄",指的是鬼中的英雄。全句直抒胸臆,慷慨激昂:活着,要做人中豪杰;死后,亦为鬼中英雄。寥寥数语间,凛然风骨立现;铮铮陈述中,正气直冲云霄!一介文弱女子,以她柔弱无骨的纤纤玉手提笔挥毫,书写壮志豪情,笔端之劲,直至心扉,撼动灵魂,即使男儿,也未必能及。"至今思项羽,不肯过江东",提笔追思:时至今日,人们还在思念着楚霸王项羽,兵败后宁死不肯退回江东苟且偷生。"不肯"一词,是内心的叩问,是尊严的无愧,是"可杀不可辱"的悲壮,真乃神来之笔!

时值南宋朝风雨飘摇,李清照却谈项羽乌江自刎之旧事,意在痛责南宋的当权派于大敌当前之时不顾百姓死活,只顾自己逃命的丑恶行径。这,便是借古讽今。读罢,令人沉思良久,胸中激情久久回荡!这般凝重、慷慨与深刻,便是巾帼不输须眉吧!

三衢道中

〔宋〕曾几

梅子黄时日日晴,
小溪泛尽却山行。
绿荫不减来时路,
添得黄鹂四五声。

扫一扫听赏析

《三衢道中》赏析

曾几,南宋诗人,其诗风格活泼,咏物神似,《三衢道中》是其抒情遣兴诗作中的代表作。诗题中的"三衢"即衢州,指的是现在的浙江省常山县。诗题说的是作者正在去三衢州的路上。

"梅子黄时日日晴,小溪泛尽却山行"两句分别写出了出行时间和路线,点明了这是一次作者在初夏时节的山林出游:梅子黄透的时候,日日都是晴朗的好天气。作者乘坐小舟沿着小溪前行,到了尽头,再改走山路。句中的"却"与今义不同,是"再"的意思。"绿荫不减来时路,添得黄鹂四五声"则言绿荫和鹂鸣,点缀了作者的路途:山路上,绿树成荫,枝繁叶茂,与来时一样浓密,树丛中传来几声黄鹂鸟婉转动听的鸣叫声,为这丛林的幽深增添了生趣。

诗人曾几是一名旅游爱好者,对于此次出游,他的内心是轻松愉快的,诗歌便向我们传递了这一份快乐。"梅子黄时",正值黄梅期,恰巧能碰上一个大晴天,快乐!乘兴向山而行,泛舟、漫步、荫浓,快乐！林深且清幽，几声清脆婉转的黄鹂鸟鸣，顿使氛围活泛了起来，快乐！平平淡淡的出游，在作者的笔下却是那么的新奇生动、错落有致、轻松感人。句句写景，却又是句句传情啊！

生活中并不缺少美，缺少的，是发现美的眼睛。作者就有一双发现美的眼睛，一草一木，一花一鸟，点点滴滴，都收在他的眼底，成为景，成为诗，成为乐！这是什么？这就是生活啊！

示儿

〔宋〕陆游

死去元知万事空,
但悲不见九州同。
王师北定中原日,
家祭无忘告乃翁。

《示儿》赏析

说起著名的爱国诗人,陆游必定名列榜首。他受父辈的影响,自小就在心中埋下了文学和爱国的种子,因此,既有文人的情怀,又有武者的风骨,一生都在文学创作与保家卫国的道路上操劳不息。他一生创作的作品难以计数,这些熠熠生辉之"珠玉"的最后一颗,就是《示儿》(题意为:写给儿子们看)。老师在教到这首作品时,都会介绍它是陆游的"绝笔诗"。"绝笔"二字,就奠定了诗作悲壮、愤慨、赤诚的情感基调。

"死去元知万事空,但悲不见九州同。"其中的"元"是通假字,同"原",本来的意思。"但",理解为只是。"九州",指中国。在古代,中国分为九州,因此常用九州指代中国。这句话说的是:人死去,本来就知道人世间的一切都是空的。可是唯一使我痛心的是,至死也未能看到中国统一。试想,陆游弥留于病榻,环顾家人,口吐的憾事唯有"不见九州同",这一句临终真言中,有诗人的忠肝义胆,也透着些许"不瞑目"的悲愤!于是便有了后句的殷殷交代:"王师北定中原日,家祭无忘告乃翁。"待到大宋军队收复被侵占的失地的那一天,家祭时,千万不要忘了把这个消息告诉我啊!句中的"无"同"勿",指不要。以"北定中原"作为人生最后的意愿,并嘱托家人在那一日到来时勿忘告知,在这一点上,古来几人能与之相比?

全诗朴素平淡,不加雕饰,真情流露,直抒胸臆。纵观陆游一生,多次罢职闲居,从未受到重用,但其一腔热血始终未散,即使是自守乡村,仍壮志未消,并至死为憾。这一份深至骨髓的爱国信念,又有何人能及?可惊天地,可泣鬼神,悲也!壮哉!

秋夜将晓出篱门迎凉有感

〔宋〕陆游

三万里河东入海,
五千仞岳上摩天。
遗民泪尽胡尘里,
南望王师又一年。

扫一扫听赏析

《秋夜将晓出篱门迎凉有感》赏析

《秋夜将晓出篱门迎凉有感》一共有两首,本诗是其中的第二首。当时,中原地区已经在金人手里沦陷六十多年了。那时,陆游正好被罢官归乡,在山阴乡下闲居,可是他时刻挂念着国家和人民,期盼着大宋朝廷尽早收复中原失地。时值初秋,暑热未消,天气的闷热和心头的焦躁使他夜不安寝,于是,天将晓之际,诗人步出篱门,怅然有感,写就二诗来表达忧国忧民之情。

诗中的"河"指的是黄河,下句对应位置的"岳",普遍认为是西岳华山。此诗的前两句描绘了这样一幅辽阔的画卷:长长的黄河向东奔流,最终汇入大海;巍峨的华山高耸入云,几乎碰到天际。一横一纵,将北方国土的形胜囊括在内,苍茫无垠,气势磅礴。多么美丽的山河,多么让人引以为傲的国土啊!可是,它们却沦陷在了金人的铁骑之下,那里的人民生活在水深火热之中,这怎能不让人痛心疾首?于是,就有了后两句的笔锋转折,由写景转入抒情,向着更深远的层面拓宽了诗歌的意境。"遗民"即金人占领区域内的宋朝百姓,

"胡尘"指的是金人的暴政。在金人的铁骑之下,百姓们欲哭无泪,只能眺望着南方,一年又一年地期盼着宋朝的军队来收复失地。

"泪尽"与"南望",既是遗民的心态,也是陆游的心态,虽身受压迫,心中的信念始终分毫未减。可当权者在干什么呢?正在杭州西子湖畔享受着莺歌燕舞、纸醉金迷的生活,哪里有分毫半国沦丧的悲痛与誓将异族驱除的傲骨呢?这份悲愤与气节,陆游有!他爱脚下辽阔的大地,爱壮丽的大好河山,爱勤勤恳恳的百姓,哀其不幸、怒其不争却又殷殷守望之下,始终灼灼着的仍是那颗赤子之心啊!

四时田园杂兴(其一)

〔宋〕范成大

昼出耘田夜绩麻,

村庄儿女各当家。

童孙未解供耕织,

也傍桑阴学种瓜。

《四时田园杂兴》(其一)赏析

他是一位名臣,爱国爱民,耿直勤勉,使金而不惧,与陆游深交;他又是一位文人,素有文名,尤善作诗,承于新乐府,终自成一家。他,便是南宋范成大,从苏州走出去的一位历史名人。

范成大写诗题材广泛,其中,反映农村生活的作品成就最高,比如《四时田园杂兴》就是一组随兴写来的大型田园诗,以四季景色及农民生活为主题,共计六十首,展示了意趣横生的乡村生活长卷。此处赏析的是夏日卷中的第七首,描绘的是农村初夏时节的一个生活场景。

"昼出耘田夜绩麻,村庄儿女各当家"直接描写劳动场面。"昼"和"夜"说的是时间,分别指白天和夜晚,"耘田"指除草,"绩麻"是指把麻搓成线。初夏时节,稻田里的杂草日渐茂盛,需要及早把它们锄去,以免与水稻争抢营养。白天,男人们下田除草;晚上,女人们将麻搓成麻线,再织成布。这真是各司其职,共同经营着生活啊!

那么,农村的孩子们在干什么呢?"童孙未解供耕织,也傍桑阴学种瓜。"他们不会"耘田"也不会"绩麻",却都不闲着,聚在繁茂成荫的桑树底下学种瓜呢!这是农村儿童常见的娱乐项目,但通过诗人短短 14 字的描述,读来就是天真有趣,令人忍俊不禁!

范成大的田园诗,就是这么细腻清新,笔下虽有繁重农务的描写,但是读后能让读者的内心更多一份宁静祥和。每个农村家庭,男女分工合作,为家庭的稳定和谐贡献着自己的力量,也许劳累,也许清苦,但每想到以后穿有新衣粮满仓,再看看桑树底下玩耍的孩子们,所有的苦和累都化作了劳作时的动力。

范成大所处的南宋时期并不太平,北方金人的不断侵扰,使国家动荡,百姓生活凄苦。退居苏州老家的他,每天的所见所闻便如诗中所写,也许,这也是内心的一隅"桃花源"吧!

四时田园杂兴(其二)

〔宋〕范成大

梅子金黄杏子肥,
麦花雪白菜花稀。
日长篱落无人过,
唯有蜻蜓蛱蝶飞。

扫一扫听赏析

《四时田园杂兴》(其二) 赏析

这首诗描写了初夏江南的田园景色。

诗中用梅子黄、杏子肥、麦花白、菜花稀,写出了夏季南方农村景物的特点,有花有果,有色有形。前两句写出梅黄杏肥,麦白菜稀,色彩鲜艳,景色优美,很有吸引力。诗的第三句,写夏日初"长",从侧面写出了农民劳动的情况:初夏正是割麦分秧的忙碌月份,农民们整天在田地上劳作,早出晚归,所以白天篱笆边很少见到过往的行人。最后一句又以"唯有蜻蜓蛱蝶飞"来衬托村中的寂静,静中有动,显得更静。

这首诗三句写景,都显得很优美;只有一句叙事,不直接写劳动,却从侧面透露劳动情况,很有意味。

小池

〔宋〕杨万里

泉眼无声惜细流,
树阴照水爱晴柔。
小荷才露尖尖角,
早有蜻蜓立上头。

《小池》赏析

这是一首清新的小诗。当时诗人杨万里正闲居在家。杨万里对自然景物有着浓厚的兴趣,他常用清新活泼的笔调,平易通俗的语言,描绘日常所见的平凡景物,尤其善于捕捉景物的特征及稍纵即逝的变化,形成情趣盎然的画面,因而他的诗中充满浓郁的生活气息。

本诗表现出了对自然美的敏感。一切都是那样的细,那样的柔,那样的富有情意。它句句是诗,句句如画,展示了明媚的初夏风光,自然朴实,又真切感人。这首诗描写一个泉眼、一道细流、一池树阴、几片小小的荷叶、一只小小的蜻蜓,构成了一幅生动的画卷,表现了大自然中万物之间亲密和谐的关系。

开头"泉眼无声惜细流,树阴照水爱晴柔"两句,把读者带入了一个小巧宜人的境界之中,一道细流缓缓从泉眼中流出,没有一点声音;池畔的绿树在夕阳的照射下,将树阴投入水中,明暗斑驳,清晰可见。一个"惜"字,写泉眼好似舍不得水的流走,颇具情趣;一个

"爱"字，给绿树以生命，似乎它是喜欢这晴柔的风光，才以水为镜，展现自己的风姿。三、四两句则写到池中，"小荷才露尖尖角，早有蜻蜓立上头"。诗人如同高明的摄影师，瞅准小池的一个精美瞬间，及时按下了摄影机的快门，于是那蜻蜓立于尖尖荷角上的画面便给人们留下了难以忘怀的印象。

晓出净慈寺送林子方

〔宋〕杨万里

毕竟西湖六月中,
风光不与四时同。
接天莲叶无穷碧,
映日荷花别样红。

《晓出净慈寺送林子方》赏析

西湖美景历来是文人墨客描绘的对象,杨万里的这首诗写了给朋友林子方送行时所见的西湖六月的美好风光,手法独特,流传千古,值得细细品味。

"毕竟西湖六月中,风光不与四时同","毕竟"二字总领全诗,具有先声夺人之势。虽然读者还不曾从诗中领略到西湖美景,但已能从诗人赞叹的语气中感受到了。这一句看似脱口而出,是大惊大喜之余最直观的感受,因而更强化了西湖之美。这两句质朴无华的诗句,说明六月西湖与其他季节不同的风光,是让人流连忘返的。果然,"接天莲叶无穷碧,映日荷花别样红",诗人用一"碧"一"红"突出了莲叶和荷花给人的视觉带来的强烈的冲击力。莲叶无边无际,仿佛与天宇相接,气象宏大,既写出了莲叶之无际,又渲染了天地之壮阔,具有极其丰富的空间感。"映日"与"荷花"相衬,又使整幅画面绚烂生动。这两句充满强烈色彩对比的句子,给读者描绘出一幅大红大绿、精彩绝艳的画面:翠绿的莲叶,涌到天边,使人感到置身于无穷的碧绿之中;而娇美的荷花,在骄阳的映照下,更显得格外艳丽。这两句以精练的语言、对偶的句式极为传神地写出了六月西湖不同于其他季节的绚丽景色。

诗人驻足六月的西湖送别友人,通过对西湖美景的极度赞美,曲折地表达对友人深情的眷恋。诗人谋篇上的转化,虽然跌宕起伏,却没有突兀之感。看似平淡的笔墨,给读者展现了令人回味的艺术境地。

春日

〔宋〕朱熹

胜日寻芳泗水滨,
无边光景一时新。
等闲识得东风面,
万紫千红总是春。

《春日》赏析

诗人外出河边寻春踏青,一眼望去,感觉到处焕然一新。为什么呢?因为天地间吹开了和煦的东风,东风催得百花齐放,百花为人们捧出了万紫千红的春天。

首句"胜日寻芳泗水滨"点明了出游的时令、地点,后三句写"寻芳"的所见所得。"一时新",既写出春回大地,自然景物焕然一新,也写出了诗人郊游时耳目一新的欣喜感觉。正是这新鲜的感受,使诗人认识了东风。仿佛是一夜东风,吹开了万紫千红的鲜花;而百花争艳的景象,不正是生机勃勃的春光吗?第三句"等闲识得东风面","识"字承首句中的"寻"字。诗人由"寻"而"识",步步深入,统率全诗的则是一个"新"字。

从字面上看,这首诗好像是写游春观感,但细究寻芳的地点是泗水之滨,而此地在宋南渡时早被金人侵占。诗人朱熹未曾北上,当然不可能在泗水之滨游春吟赏。其实诗中的"泗水"暗指孔门,因为春秋时孔子曾在洙、泗之间弦歌讲学,教授弟子。因此所谓的"寻芳"即是指求圣人之道,"东风"喻教化,"万紫千红"喻孔学的丰富多彩,"春"则暗指孔子所倡导的"仁"。诗人将圣人之道比作催发生机、点燃万物的春风。这其实是一首寓理趣于形象之中的哲理诗。这些意思如果用哲学讲义式的语言写出来,难免枯燥乏味,本诗把哲理融化在生动的形象之中,不露说理的痕迹。这正是朱熹的高明之处。

"等闲识得东风面,万紫千红总是春"也成为千古名句。

观书有感

〔宋〕朱熹

半亩方塘一鉴开,
天光云影共徘徊。
问渠哪得清如许,
为有源头活水来。

《观书有感》赏析

这是一首借景喻理的名诗。以理入诗,是宋诗的特点。前两句"半亩方塘一鉴开,天光云影共徘徊",寥寥十数字,便把个清澈见底的方塘描绘了出来。再看后两句:"问渠哪得清如许?为有源头活水来。"诗人借前两句所绘之景突然兴起疑问,表达出顿悟的逸趣,发人深思。

池塘并不是一塘死水,而是常有活水注入,因此像明镜一样,清澈见底,映照着天光云影。这种情景,同一个人在读书中解决问题,获得新知而大有收益,提高认识时的情形颇为相似。这首诗所表现的读书有悟的那种灵气流动、思路明畅、精神活泼而自得自在的境界,正是作者作为一位大学问家的切身感受。诗中所表达的这种感受虽然仅就读书而言,却寓意深刻,内涵丰富,可以做广泛的理解。特别是"问渠哪得清如许,为有源头活水来"两句,借水之清澈是因为有源头活水不断注入,暗喻人要心灵澄明就得认真读书,时时补充新知识。后来人们常常用之比喻只有不断学习新知识,才能达到新境界。

人们也用这两句诗来赞美一个人学问或艺术的成就,自有其深厚的渊源。读者也可以从中得到启发:只有思想永远活跃,以开明宽阔的胸襟,接受种种不同的思想、鲜活的知识,广泛包容,方能才思不断,新水长流。这两句诗已凝缩为常用成语"源头活水",用以比喻事物发展的源泉和动力。

题临安邸

〔宋〕林升

山外青山楼外楼,
西湖歌舞几时休?
暖风熏得游人醉,
直把杭州作汴州。

《题临安邸》赏析

这首《题临安邸》写在南宋皇都临安的一家旅舍墙壁上,是一首古代的"墙头诗"。

公元1126年,金人攻陷北宋首都汴梁,之后俘虏了徽宗、钦宗两个皇帝,中原国土全被金人侵占。赵构逃到江南,在临安即位,史称南宋。南宋小朝廷并没有接受北宋亡国的惨痛教训而发愤图强,当政者不思收复中原失地,只求苟且偏安,对外屈膝投降,对内残酷迫害岳飞等爱国人士;政治上腐败无能,达官显贵一味纵情声色,寻欢作乐。这首诗就是针对这种黑暗现实而作的,表达了诗人对国家民族命运的深切忧虑。诗的头两句"山外青山楼外楼,西湖歌舞几时休?",重重叠叠的青山,鳞次栉比的楼台和无休止的轻歌曼舞,写出当年虚假的繁荣太平景象。诗人触景伤情,不禁长叹:"西湖歌舞几时休?"西子湖畔这些消磨人们抗金斗志的淫靡歌舞,什么时候才能罢休?

后两句"暖风熏得游人醉,直把杭州作汴州",诗人进一步抒写自己的感慨。"暖风"一语双关,既指自然界的春风,又指社会上的淫靡之风。正是这股"暖风"把人们吹得如醉如迷,像喝醉了酒似的。"游人"不能理解为一般游客,它特指那些忘了国难,寻欢作乐的南宋统治阶级。诗中"熏""醉"两字用得精妙无比,把那些纵情声色、祸国殃民的达官显贵的精神状态刻画得惟妙惟肖。结尾"直把杭州作汴州",直斥南宋当局忘了国恨家仇,把临时苟安的杭州简直当作了故都汴州,发人深省,唤起人们恢复中原的爱国激情和对统治者的愤恨。

游园不值

〔宋〕叶绍翁

应怜屐齿印苍苔，
小扣柴扉久不开。
春色满园关不住，
一枝红杏出墙来。

扫一扫听赏析

《游园不值》赏析

这首小诗写诗人春日游园观花的所见所感。

头两句"应怜屐齿印苍苔,小扣柴扉久不开",交代诗人访友不遇,园门紧闭,无法观赏园内的春花。但诗人写得很幽默风趣,说大概是园主人爱惜园内的青苔,怕我的屐齿在上面留下践踏的痕迹,所以"柴扉"久扣不开。将主人不在家,故意说成主人有意拒客,是为了给下面的诗句作铺垫。

正是有了"应怜屐齿印苍苔"的设想,才引出后两句更新奇的想象:虽然主人紧闭园门,好像要把春色关在园内独赏,但"春色满园关不住,一枝红杏出墙来"。当时的诗人或许并没有想很多,正要回去的时候忽然发现朋友家里的红杏居然悄悄伸出了墙头,好像向诗人挥手致意。这只不过是在失意的时候,突然见到的一丝惊喜罢了。当然,这对于他来说,可能不仅仅是能让心情变得舒畅,更多的,恐怕是在春光明媚的天气里,一种新生事物给予自己的精神寄托。"关不住""出墙来",简单的几个字,不仅写出了园中美丽的春色,还写出了春天的勃勃生机,写出了一片春意盎然。尽管主人没有遇见,但诗人的心灵已经被这动人的春色完全占满了。

诗人从一枝盛开的红杏花,领略到满园热闹的春色,感受到满天绚丽的春光,总算是不虚此行了。后人更赋予这两句诗以生活的哲理:新生事物一定会冲破重重困难,脱颖而出,蓬蓬勃勃地发展起来。这两句诗也便获得了新的生命,流传不绝。

乡村四月

[宋] 翁卷

绿遍山原白满川,
子规声里雨如烟。
乡村四月闲人少,
才了蚕桑又插田。

《乡村四月》赏析

农历的四月,正值初夏时节。初夏的江南,山坡是绿的,原野是绿的:绿的树,绿的草,绿的禾苗……展现在人们眼前的就是一个绿色主宰的世界。

这首田园诗,描写的是江浙一带乡村四月的风光。诗的作者是被誉为"永嘉四灵"之一的南宋诗人翁卷。诗人寥寥几笔就把水乡初夏特有的景色勾勒了出来:山坡上草木葳蕤,一片青葱翠绿。江南插禾早,蓄满水的稻田里水色与天光交相辉映,满目亮白。杜鹃声声啼叫,江南的天空烟雨迷蒙。四月到了,庄稼人都开始忙农活,没有一个闲人。庄稼活像稻草垛一样堆起来,一件接着一件,哪有做完的时候呢?刚结束了蚕桑的事,又要开始插秧了。

诗的前两句描写的是初夏时节江南大地的景色:绿原、白川、子规、烟雨。诗人的眼界是广阔的,笔触是细腻的;诗歌的色调是鲜明的,意境是朦胧的。尤其是"子规声里雨如烟"这一句,如烟似雾的细雨好像是被子规的鸣叫唤来的,特别富有境界感。而诗的后两句则写出了江南初夏的繁忙农事。诗中提及的采桑、养蚕和插稻秧,是关系着衣和食的两大农事。四月正是忙季,家家户户都在忙碌不停,农家一片紧张、忙碌的气氛。整首诗就像一幅色彩鲜明的图画,不仅表现了诗人对乡村风光的热爱和赞美,也表现出他对劳动人民的喜爱,对劳动生活的赞美之情。

翁卷的诗大多采取白描的手法,诗风显得较为平易,简约中有一份清淡的韵味,"贵精不求多,得意不恋事"是他的创作准则和目标。他生活在社会下层,熟悉民情风俗,因此写出的一些反映和关注现实的诗作,同情民生疾苦,揭露社会的不合理现象,自然十分真切。

墨梅

〔元〕王冕

我家洗砚池头树,
朵朵花开淡墨痕。
不要人夸颜色好,
只留清气满乾坤。

扫一扫听赏析

《墨梅》赏析

洗砚池旁边的梅树上盛开着梅花,每一朵都呈现出淡淡的黑色。不需要别人夸奖它的颜色,只要它能在天地之间留下清淡的芳香。

这首题画诗,是诗人王冕题咏自己画作《墨梅图》的诗作。王冕,字元章,号煮石山农,浙江诸暨人,元代诗人、文学家、书法家、画家。诗人赞美墨梅不求人夸,只愿给人间留下清香的美德,实际上是借梅自喻,表达自己对人生的态度以及不向世俗献媚的高尚情操。

开头两句"我家洗砚池头树,朵朵花开淡墨痕"直接描写墨梅。画中小池边的梅树,正当盛开,朵朵梅花都是用淡淡的墨水点染而成的。"洗砚池",化用了王羲之"临池学书,池水尽黑"的典故。

三、四两句诗盛赞了墨梅的高风亮节。它由淡墨画成,外表虽然不娇艳,但具有神清骨秀、高洁端庄、幽独超逸的内在气质;它不想用鲜艳的色彩去吸引人，讨好人，求得人们的夸奖，只愿散发一股清香，让它留在天地之间。这两句正是诗人的自我写照：王冕自幼家贫，白天放牛，晚上到佛寺长明灯下苦读，终于学得满腹经纶，而且能诗善画，多才多艺。但他屡试不第，又不愿巴结权贵，于是绝意功名利禄，归隐浙东九里山，作画易米为生。诗人借"不要人夸颜色好，只留清气满乾坤"两句，表现了自己鄙薄流俗，独善其身，不求功勋的品格。

这首诗，题为"墨梅"，意在述志。诗人将画格、诗格、人格有机地融为一体。字面上在赞誉梅花，实际上是赞赏自己的立身之德。诗中的一"淡"一"满"尽显个性：一方面，墨梅的丰姿与诗人傲岸的形象跃然纸上；另一方面，翰墨之香与梅花的清香仿佛扑面而来。

石灰吟

〔明〕于谦

千锤万击出深山,
烈火焚烧若等闲。
粉骨碎身全不怕,
要留清白在人间。

《石灰吟》赏析

这是一首托物言志诗。诗人于谦以石灰作比喻,表达自己为国尽忠,不怕牺牲的意愿和坚守高洁情操的决心。

作为咏物诗,这首诗的价值就在于处处以石灰自喻,咏石灰即是咏自己磊落的襟怀和崇高的人格。首句"千锤万击出深山"形容开采石灰石很不容易。第二句"烈火焚烧若等闲"中的"烈火焚烧",指的是炼烧石灰石。加上"若等闲"三字,使人感到不仅是在写炼烧石灰石,它还象征着志士仁人无论面临着怎样严峻的考验,都从容不迫,视若等闲。第三句"粉骨碎身全不怕"中的"粉骨碎身",极为形象地写出了石灰石烧成石灰粉的过程,而"全不怕"三字又让人联想到其中寓有的不怕牺牲的精神。最后一句"要留清白在人间"直抒情怀,表明诗人立志要做纯洁清白的人。

相传,某日于谦信步走到一座石灰窑前,观看师傅煅烧石灰。只见一堆堆青黑色的山石,经过熊熊烈火焚烧之后,变成了白色的石灰。当时只有 12 岁的他深有感触，略加思索之后，便吟出了《石灰吟》这一脍炙人口的诗篇。

诗人在吟咏石灰时，采用了拟人化手法，把石灰人格化，将石灰赋予人的思想感情。诗人托物言志，通过赞美石灰，表达了自己以天下为己任，为了社稷苍生不惜"粉骨碎身"的坚强意志和决心。

整首诗笔法凝练，一气呵成，语言质朴自然，不事雕琢，感染力很强；尤其是诗人那积极进取的人生态度和大无畏的凛然正气，更给人以启迪和激励。

竹石

〔清〕郑燮

咬定青山不放松,
立根原在破岩中。
千磨万击还坚劲,
任尔东西南北风。

扫一扫听赏析

《竹石》赏析

郑燮,字克柔,号板桥,江苏兴化人。他是清代书画家、文学家,"扬州八怪"之一。他的诗、书、画均旷世独立,世称"三绝",擅画兰、竹、石、松、菊等植物,其中画竹的成就最为突出。

《竹石》是诗人创作的一首七言绝句,题于诗人自己的画作《竹石图》上,因而是一首典型的题画诗。在这首咏竹诗中,诗人所赞颂的并非竹的柔美,而是竹的刚毅。

诗的前两句赞美立根于破岩中的劲竹的内在精神。开头一个"咬"字,一字千钧,极为有力,而且形象化,充分表现了劲竹的刚毅性格。再以"不放松"来补足"咬"字,劲竹的个性特征表露无遗。第二句中的"破岩"更衬托出劲竹生命力的顽强,道出了翠竹能傲然挺拔于青山之上的基础是它深深扎根在破裂的岩石之中。简简单单的两句诗揭示出一个简单而深刻的哲理:根基深力量才强。在前两句的铺垫下,诗的后两句进一步写恶劣的客观环境对劲竹的磨炼与考验。不管风吹雨打，任凭霜寒雪冻，苍翠的青竹仍然"坚劲"，傲然挺立。"千磨万击""东南西北风"，极言考验之严酷。诗人用"千""万"两字写出了竹子的那种坚韧无畏、从容自信的神态，可以说全诗的意境至此顿然而出。这时，挺立在读者面前的已不再是普通的竹子了，读者感受到的是一种顽强不息的生命力，一种坚韧不拔的意志力，而这一切又都蕴含在那萧萧风竹之中。

诗人通过咏颂立根破岩中的劲竹，含蓄地表达了自己决不随波逐流的高尚的思想情操。全诗语言质朴，寓意深刻。诗中的竹实际上也是诗人高尚人格的化身。在生活中，诗人正是这样一种与下层百姓有着较密切的联系，疾恶如仇、不畏权贵的岩竹。此外，诗人还借助诗表达了自己不怕任何打击的硬骨头精神，因此这首诗常被用来形容革命者在斗争中的坚定立场和受到敌人打击决不动摇的品格。

所见

〔清〕袁枚

牧童骑黄牛,
歌声振林樾。
意欲捕鸣蝉,
忽然闭口立。

扫一扫听赏析

《所见》赏析

野外林荫道上,一个小牧童骑在黄牛背上缓缓而来。也不知有什么开心事儿,他一路行一路唱,唱得好脆好响,整个树林全给他惊动了。忽然,歌声停下来,小牧童脊背挺直,嘴巴紧闭,两眼凝望着高高的树梢。原来,"知了,知了,知了……"树上一只蝉儿正自鸣得意地唱着,一下子把小牧童吸引住了。

路途中偶遇的这一幕,触发了诗人袁枚的诗兴,写下了这一首《所见》。诗的一、二两句描写了小牧童天真活泼、悠然自得的可爱模样和他的愉快心情,"骑"字直接写出了牧童的姿势,"振"字则间接点出他的心情。"骑"和"振"两个动词,把牧童那种悠闲自在、无忧无虑的心情完全展示了出来。他几乎完全陶醉在大自然的美景之中,简直不知道世间还有"忧愁"二字。第三句是过渡,描写牧童的心理活动,交代了他"闭口立"的原因,这是全诗的转折点。第四句,急转直下,如千尺悬瀑坠入深潭,戛然而止。"忽然"一词,把这个牧童发现树上鸣蝉时的惊喜心情和机警性格表现了出来。"忽然"

发生了变化:由响而静,由行而停,把小牧童闭口注目鸣蝉的瞬间神态写得韵味十足。而"闭"和"立"两个动词,则把这个牧童天真的神态和孩子式的机智刻画得淋漓尽致。

这是一首反映儿童生活的诗篇,全诗采用白描手法,紧紧抓住小牧童一刹那间的表现,逼真地写出小牧童非常机灵的特点,让人倍觉小牧童的纯真可爱。尤其是诗的后两句"此时无声胜有声",从动到静的变化,写得既突然又自然,把小牧童天真烂漫的形象刻画得活灵活现。至于下一步的动静,小牧童怎样捕蝉,捕到没有,诗人没有写,留给读者去体会、去遐想、去思考。

村居

〔清〕高鼎

草长莺飞二月天,
拂堤杨柳醉春烟。
儿童散学归来早,
忙趁东风放纸鸢。

《村居》赏析

农历二月,村子前后的青草已经渐渐发芽生长,黄莺飞来飞去。杨柳披着长长的绿枝条,随风摆动,好像在轻轻地抚摸着堤岸。在水泽和草木间蒸发的水汽,如同烟雾般凝结着。杨柳似乎都陶醉在这美丽的景色中。村里的孩子们放了学,急忙跑回家,趁着东风把风筝放上蓝天。

清代诗人高鼎,晚年遭受议和派的排斥和打击,志不得伸,归隐于上饶地区的农村。在远离战争前线的村庄,宁静的早春二月,草长莺飞,杨柳拂堤,受到田园氛围感染的诗人有感于春天来临的喜悦而写下了这首七言绝句。

第一句诗生动地描写了春天时的大自然,写出了春日农村特有的明媚、迷人的景色。"草长莺飞"四个字,把春天的景物写活了,使读者仿佛感受到那种万物复苏、欣欣向荣的气氛,读者的眼前也好像涌动着春的脉搏。第二句写村中原野上的杨柳,"拂""醉"把静止的杨柳人格化了。枝条柔软而细长,轻轻地拂扫着堤岸。春日的大地艳阳高照,烟雾迷蒙,微风中杨柳左右摇摆。诗人用了一个"醉"字,写出了杨柳的娇姿,写出了杨柳的柔态,写出了杨柳的神韵。这是一幅典型的春景图。后两句诗写人物活动,描述了一群活泼的儿童在大好春光里放风筝的生动景象。孩子们放学早,趁着刮起的东风,放起了风筝。儿童正处在人生早春,儿童的欢声笑语,兴致勃勃放风筝的活动,使春天更加生机勃勃,富有朝气。

儿童、东风、纸鸢,诗人选写的人和事为美好的春光平添了几分生机和希望,把早春的迷人渲染得淋漓尽致。这首诗写的是诗人居住农村时亲眼看到的景象,勾画出一幅生机勃勃、色彩缤纷的"乐春图"。诗人采用了动静结合的手法,全诗洋溢着欢快的情绪,字里行间透露出诗人对春天来临的喜悦和赞美。

己亥杂诗

〔清〕龚自珍

九州生气恃风雷,
万马齐喑究可哀。
我劝天公重抖擞,
不拘一格降人才。

扫一扫听赏析

《己亥杂诗》赏析

这是一首出色的政治诗。全诗层次清晰,共分为三个层次:第一层,写了万马齐喑、朝野噤声的死气沉沉的现实社会。第二层,诗人指出了要改变这种沉闷、腐朽的现状,就必须依靠风雷激荡般的巨大力量。暗喻必须经历波澜壮阔的社会变革,中国才能变得生机勃勃。第三层,诗人认为这样的力量来源于人才,而朝廷所应该做的就是破格录用人才,只有这样,中国才有希望。诗中选用"九州""风雷""万马""天公"这样具有壮伟特征的主观意象,寓意深刻,气势磅礴。

诗的前两句用了两个比喻,写出了诗人对当时中国形势的看法。"万马齐喑"比喻在腐朽、残酷的反动统治下,思想被禁锢,人才被扼杀,到处是昏沉、庸俗、愚昧,一片死寂、令人窒息的现实状况。"风雷"比喻新兴的社会力量,比喻尖锐猛烈的改革。从大处着眼、整体着眼,营造出大气磅礴、雄浑深邃的艺术境界。诗的后两句,"我劝天公重抖擞,不拘一格降人才"是传诵的名句。诗人用奇特的想象表现了他热烈的希望,他期待着优秀杰出人物的涌现,期待着改革大势形成新的"风雷"、新的生机,一扫笼罩九州的沉闷和迟滞的局面,既揭露矛盾,批判现实,更憧憬未来,充满理想。它独辟奇境,别开生面,呼唤着变革,呼唤着未来。

龚自珍,清代思想家、文学家及改良主义的先驱者。他的诗文主张"更法""改图",揭露清统治者的腐朽,洋溢着爱国热情,被柳亚子誉为"三百年来第一流"。诗人最为著名的诗作为《己亥杂诗》,共315首。己亥年(1839年),作者48岁,因厌恶仕途,辞官离京返杭,在南北往返的途中,他看着祖国的大好河山,目睹生活在苦难中的人民,不禁触景生情,思绪万千,即兴写下了一首又一首诗,或议时政,或述见闻,或思往事,题材极为广泛。本诗为其中的第125首。

图书在版编目(CIP)数据

经典古诗赏析. 下 / 沈文虹主编;《经典古诗赏析》编写组编. —苏州:苏州大学出版社,2019.6
ISBN 978-7-5672-2845-0

Ⅰ.①经… Ⅱ.①沈… ②经… Ⅲ.①古典诗歌—诗歌欣赏—中国—少儿读物 Ⅳ.①I207.2-49

中国版本图书馆 CIP 数据核字(2019)第 117557 号

书　　名:	经典古诗赏析(下册)
	JINGDIAN GUSHI SHANGXI(XIACE)
主　　编:	沈文虹
责任编辑:	史创新
装帧设计:	天天首页
出版发行:	苏州大学出版社(Soochow University Press)
社　　址:	苏州市十梓街 1 号　邮编:215006
印　　装:	苏州市深广印刷有限公司
网　　址:	www.sudapress.com　邮箱:sdcbs@suda.edu.cn
邮购热线:	0512-67480030
销售热线:	0512-67481020
开　　本:	890mm×1240mm　1/32　印张:7.25(上下册)　字数:119 千
版　　次:	2019 年 6 月第 1 版
印　　次:	2019 年 6 月第 1 次印刷
书　　号:	ISBN 978-7-5672-2845-0
定　　价:	65.00 元(上下册)

凡购本社图书发现印装错误,请与本社联系调换。服务热线:0512-67481020